童话人格

破译命运密码

柯云路　著

河南文艺出版社

· 郑州 ·

图书在版编目（CIP）数据

童话人格：破译命运密码/柯云路著. --郑州：河南文艺出版社，2023.7

ISBN 978-7-5559-1551-5

Ⅰ.①童…　Ⅱ.①柯…　Ⅲ.①童话-文学研究-世界②人格心理学-研究　Ⅳ.①I106.8②B848

中国国家版本馆 CIP 数据核字（2023）第 103169 号

策　　划　　杨　莉　张　丽
责任编辑　　张　丽　熊　丰
责任校对　　赵红宙
书籍设计　　张　萌

出版发行	河南文艺出版社	印　张	17.75
社　　址	郑州市郑东新区祥盛街 27 号 C 座 5 楼	字　数	186 000
承印单位	河南瑞之光印刷股份有限公司	版　次	2023 年 7 月第 1 版
经销单位	新华书店	印　次	2023 年 7 月第 1 次印刷
开　　本	700 毫米 × 1000 毫米　1/16	定　价	60.00 元

前言

一

　　人活一世，许多人常常一辈子不知道自己为什么活着。这话说来有些骇人听闻，却符合相当一些人的生活状况。

　　一位女作家曾在文章中说：她终生都怀着"海的女儿"的情结。这一说法，曾引得一些读者找来安徒生童话《海的女儿》，以了解故事中到底有一个什么样的情结。

　　那么，"海的女儿"究竟蕴含了怎样的情结，女作家为什么会有这个情结？关于这一点，我们没有看到她本人的任何陈述，或许她早已明晰其中的原委，或许她至今也不清楚。她也许会将之归因于童年时代的阅读，从那时起，"海的女儿"情结就成为一粒深植内心的种子。然而，在这个美丽的故事中究竟蕴藏着什么，为什么它会生长出影响并支配一个成熟女性一生的重大情结？

一个人如果不知道自己的一生是在怎样一个情结的支配下而懵懵懂懂地旋转，无疑是可悲的。然而，倘若只知道这个情结，但不清楚它的原委，也还是留下了一半黑暗。

揭开人类心灵的帷幕，我们发现，世界上很多人乃至绝对地说是每一个人，都在以极为特殊的、个别的方式生活着。这种特殊的、个别的生活在他人眼里也许毫无道理，但在他自己看来却理所当然，不容一丝怀疑。

用一句格言说：各人有各人的活法。只不过其中的道理常常既不被他人理解，也不被自己察觉。

有的女作家从年轻时代开始写作，创作了大量的情爱故事，而贯穿其中的始终是一个少女的梦幻。关于这类作品的艺术价值显然不属于本书讨论的范畴，我们只想对这种文学现象所流露的作家人格进行一点探索。倘若一个女作家终生醉心于描写少女的梦幻，只能说那是有其深刻的心理根源的。

在这个世界上，女人和男人一样，都有自己特殊的、个别的活法。她是这样活，还是那样活，都有其根源。

在文学界，我们看到不止一个女作家带有这种倾向。虽然其中有人还写作一些看来相当壮阔的社会小说，然而，即使在这类作品中，小说的全部人生情感与惆怅都表现着一个基本倾向：作者在做一个讨人怜爱的小女人。

不仅作家，在普通人中我们也会经常发现，相当一些女性在步入中年乃至更大的年龄之后，依然没有泯灭少女的梦幻，时时沉浸在小女人的角色中。

深究起来，都有其相类似的根源。

当然，女人和女人又是不一样的。

有的女人还在小女孩时已经露出了小母亲的秉性。当她成年了，更表现出大女人的特征。不仅面对子女有充分的母亲人格，而且对丈夫、对兄弟姐妹乃至一切同龄人都表现出带有母性色彩的大女人角色。甚而对自己的父母长辈关怀照顾时，也流露出带有母性色彩的大女人人格。她们不是绝对没有小女人的需要与秉性，然而，她们在总体的人生中是以大女人、母性的角色出现的。

探究这类女性的人生过程，依然可以发现，各种性格特征都有其形成的心理原因。

女人和女人的人格差异是多种多样的——

有的女人喜欢扮演女强人的角色，愿意独闯天下，甚至和男性一争高低；有的女人则柔弱如水，心甘情愿地扮演家庭主妇，做贤妻良母，并从中获得源源不断的幸福感。

有的女人将爱心终生系于一个男人，信仰一般对待这份感情，在忠贞不渝的奉献中得到人生的圆满；有的女人则以对异性接连不断的猎取作为人生成就，以此为金砖铺就自己攀登人生辉煌顶峰的阶梯。

有的女人从少女时代就将恋父情结转化为恋师情结，一生都在寻找男性的老师、保护者，特别爱恋那些与父亲年龄相仿的男性长辈；有的女人却从小就仇恨父亲，乃至敌视一切与父亲同龄的男人。

我们还看到，男人和女人一样，在人生的种种取向与维度上，表现出各种迥然的差异——

有的男人在成年之后表现出充分的大男人的、父亲的人格，用这种人格对待全部人际关系和世界；有的男人却似乎从未长大，总是用小男人的角色对待周边事物。

有的男人特别喜欢小女人，喜欢对方扮演女儿的角色；有的男人则终生喜欢大女人，喜欢那些在年龄或者性格上都能够扮演母亲角色的女人。

有的男人对女人充满信赖和爱意；有的男人则对女人充满戒心和敌意。

有的男人似乎天生反叛；有的男人则恰恰相反，表现得十分顺从。

有的男人似乎天生具有领袖素质，善于团聚人群，如鱼得水；有的男人却似乎天生孤僻怯懦，踽踽独行。

有的男人锋芒毕露，哗众取宠，事事乐于竞争第一，终生处在雄心勃勃的进取之中；有的男人似乎天生与世无争，退避而守，愿意扮演大树底下好乘凉的角色。

有的男人似乎生来就有深刻的宗教情绪，有检讨和忏悔的精神；有的男人则似乎从无宗教的需要，不知忏悔为何物，我行我素，唯利是图，我死后哪怕洪水滔天。

有的男人一生谨慎节俭，在以苦为乐的操劳中储蓄自己的信用、人缘、社会关系、与人为善的良心满足以及金钱；有的男人则放荡不羁，在及时行乐的生活中透支能够透支的一切。

数不清的维度，有着数不清的差异。

二

这样，我们就正式谈到一个概念：人格。

不同的人有不同的活法，不仅因为他现在的处境不同，还在于他有不同的人格；不同人格的人在相同的环境中，会对生活做出完全不同的反应。

人格是一个心理学概念，它最初来源于拉丁语 persona，原意是面具。把人格定义为面具，这里包含着两层意思：第一层，是在生活中像角色一样表演的种种行为；第二层，是在这个面具下隐藏的真实自我。

人格这一概念进入心理学之后曾经有过各种演变，对其有过各种定义。

总的来说，人格可以看成人的一种惯常行为。

美国心理学家赫根汉曾经在《人格心理学》一书中这样论述："几乎所有的人格理论家都赞同这个观点，即人格可以根据一个人的惯常行为模式加以描述。在种种不同的情况下，人们反应定势的差异形成了个人不同的个性特征。正是这些惯常行为模式才有可能使我们对人们的未来行为做出具有一定准确性的预测。当我们看到自以为熟悉的某某人做出一些反常行为时，就会无比惊讶地说：'这不像是他干的。'当人们不再以过去的方式对某种情景做出反应，那么，我们说他们的人格已经发生了变化。"

人格一词在英文中为"personality"，《简明不列颠百科全书》的解释是："每个人所特有的心理－生理性状（或特征）的有机结合，包括遗传的和后天获得的成分，人格使一个人区别于他人，并可通过他与环境和社会群体的关系表现出来。人们提出过种种关于人格的学说，用以解释一个人如何与他人相同和相异，以及是什么因素把某个人的各种异同点组织成一个完整的模式。"

如果用中文来注释人格，最妥当的词是个性。

在中国的《心理学大词典》（朱智贤主编）中，对此做了如下注释："个性（personality），也可称人格。指一个人的整个精神面貌，即具有一定倾向性的心理特征的总和。"

不同的人格具有对环境的不同反应，让人有不同的活法。

人格既然有相当的稳定性，我们就能由此看清自己"江山易改，本性难移"的惯性；人格又不是一成不变的，我们由此又可以把握改造自己人格的可能性。

心理学研究成果告诉我们，人格的形成是由多方面因素影响及决定的，最主要的有：

1. 遗传因素。

这是生来就有的因素，即我们通常所说的"一个人血管中流有他家族父母的血液"。遗传因素对于一个人的人格起着或大或小的决定作用。

2. 社会文化。

一个人的人格无疑和他所处的历史时代、民族区域文化有着极为相关的联系，和他在社会中所处的阶级、阶层、地位有着十分密切的联系。

3. 家庭环境。

一个人得以诞生和从小成长的家庭不仅具体地凝缩了社会文化，而且还有十分具体的子女与父母、与全部家庭成员的人际关系，它十分直接地、有力地塑造着一个人从诞生之日起逐步形成的人格。

4. 学习。

一个人从出生起，就在家庭和社会环境的惩罚与奖赏机制下学习着正确的语言法则和行动法则，学着如何说话，如何行为。而在他学习语言和行为的过程中，也便学习了一整套思维乃至心理素质。学习的过程就是建立习惯的过程，就是建立心理反应模式的过程，就是接受社会文化与家庭环境影响和塑造的过程。

5. 潜意识的机制。

在这方面，以弗洛伊德为代表的深层心理学关于人格有过最值得探究的论述。无论是弗洛伊德还是荣格或阿德勒等人，都对人格的潜意识机制做过种种注释。

如果不停留于过分学术化的心理学理论中，我们就可以说，中国的一句古话"三岁看小，七岁看老"，极为深刻地道出了人格形成的重要规律——童年的经历带有决定性的意义。

童年的经历在一个人的人格形成史中占有一等重要的位置。

三

当我们怀着要认清自己人格的目的直视遥远的童年时，绝大多数人会感到踌躇。童年，特别是一两岁时的童年，朦胧地隐蔽在记忆力难以照亮的地平线下。无论是心理学意义上的有意遗忘，还是岁月的无意遗忘，绝大多数童年的经历是难以回忆的。

即使在记忆可及的地方，我们也还会感到自己有不愿意全盘回忆的躲闪。浮现在眼前的大多是些自己愿意回忆的故事；而那些隐蔽起来躲闪自己目光的故事可能更重要，因为那里含着道德伦理的禁忌，含着羞耻和屈辱，含着创伤和疼痛，含着歉疚和罪恶感，就像不愿触及的伤疤一样。

至于童年的夜梦和昼梦，更是缥缥缈缈地躲在我们搜寻的视野之外。

搜寻童年是困难的，然而，认识自我人格又必须进入童年。现在，我们找到了一个触及童年回忆的方法，就是从人所共知的童话故事（与神话故事）入手。

那些流传广泛的童话故事（与神话故事）是整个人类的故事，是一切儿童的梦。

童话故事之所以深受儿童喜爱，引起他们心灵的共鸣，是因为它道出了儿童心灵的梦；童话故事之所以也被成年人喜爱，是因为即使他们已经成年，但其人格心理中还深刻着儿童时代的一切。

对童话故事的解析可以激活童年的记忆，在似乎已被遗忘的遥远地平线亮起一片天光，照亮童年时代曾纷纷扰扰经历过的一切。

当一个人将自己今天的所思所为与童年的经历和梦想贯通在一起时，就会看清楚自己从生命之初的地平线骑着怎样的一匹马逶迤走来的轨迹，你也便看到了自己人格形成的历史。

人格的形成是一个人能力、气质、性格、动机、兴趣、理想、信念的成长过程。探究这个体系的形成过程，对于一个普通人无疑过于浩瀚。除了有志于探究心理学的人，一般来说，并不需要穷尽自己人格形成过程的方方面面。对于当今繁忙的人们来说，最重要的是能够清楚地知道自己人格中那些自己必须有所知的最重要的方面。

这样，在探究人格的过程中，我们就要特别引入心理学的"情结"概念。

情结是由一些被意识压抑的意念（即无意识的思想、感情、知觉、记忆等）所组成的具有类似核心作用的复杂的心理现象。它能吸附许多经验，使当事者的思想行为及情绪易受这种情结的影响而遵循一定的方式进行，形成固定的行为模式。情结是精神分析学派的一个基本概念。精神分析学者以古希腊神话中俄狄浦斯在无意中犯弑父娶母罪的典故，把男孩们"爱母憎父"的本能叫作"俄狄浦斯情结"。他们还把小女孩"爱父憎母"的潜在倾向称作"厄勒克特拉情结"，如此等等。

"情结"既有上述精神分析学派的本来意思，同时还可以比它们应用得更宽泛一些，比如我们日常生活中看到的，海外华人有"落叶归根情结"，中国作家有"诺贝尔奖情结"，等等。

每个人都要在自己的心灵深处发现那些对自己有着强烈支配和影响的情结，这是认识自我人格的先决条件。

情结是一种能量，是一种动力模式，是心理运动的一个潮流，是人对外界事物应对的一个程序，是一个根深蒂固的心理存在，是左右人一生的神秘力量，是连绵不绝的梦境，是驱动一个人行为的动力源泉。

明了自己心灵深处隐藏的主要情结，知道这些情结的由来，才能对自己人格的最重要特征有清醒的认识。

目录

放羊娃高呼"狼来了",表现出的还不只是儿童的一般性撒谎冲动,还有一种特别的情结,那就是用制造出来的危险境地换取成年人的关注。

每个男人在抵抗和克服俄狄浦斯情结时都需要一定的条件。条件不同,抵抗和克服的结果不同,会造成人格的巨大差异。

在俄狄浦斯情结中,我们发现了弗洛伊德人格结构学说的偏颇与局限之处。其最大的缺陷与局限,是他将人的性欲本能完全生物化了。

《西游记》完美地解决了人类如此深刻的矛盾——既欣赏自己人生中每一阶段的奋斗,同时又从心底里吐出一口闷气,以此表现对不得不接受的秩序规范的反抗。

第五章

孙悟空这个调皮的儿子生动而又有节制的恋母表现,显出了中国家庭伦理道德文化的强大规范力。它深入艺术家的潜意识中,成为艺术创作中不自觉的模式。孙悟空的故事是一个小男孩健全人格发展的故事。

第六章

《狮子王》是辛巴的故事,辛巴是主人公,是孙悟空,是儿子的代表,是儿童的代表。辛巴的故事就是一个儿童的梦。只有从对辛巴成长过程的分析中,我们才可能发现《狮子王》艺术力量的根源。

第七章

真正的"贾宝玉情结"也可以说成是"护花神"情结。正像他的雅号"怡红公子"一样,他活在这个世界上,一个很大的心理冲动就是要使女孩们快乐怡悦。

每个人都在无止境地努力着,每个人都有一份"贪心",每个人或多或少都曾有过渔夫妻子的梦想,就连渔夫对妻子的梦想也并没有拒绝。正因为这样,渔夫与金鱼的故事才可能触动读者的心灵。

当她们在一个又一个爱情的旋涡中打旋时,当她们走上一个又一个爱情的领奖台去享受自己的胜利时,她们常常不清楚,她们不是为了爱而爱,而是为了胜利而爱。

当女儿与母亲特别是与继母发生对立冲突时,父亲常常是不存在的,或者存在也是无济于事的。这隐喻地象征了一种家庭格局:缺乏父亲影响的家庭格局。

身上形成。然而,很多正常家庭环境下生长的孩子,也会产生丑小鸭情结。一些看来极简单的原因,都可能是通往丑小鸭情结的通道。

第一章

《狼来了》：求关注与恶作剧情结

一

让我们从一个广为流传的故事开始，它就是《狼来了》。

这个故事多少年来大多以口头的方式流传，在中国可以说家喻户晓，是大多数人在童年时期接触最早又印象最深的故事之一，其情节简单到似乎可以一眼看到底，没有任何隐蔽的秘密值得分析。而我们正是要在一个看来如白纸一样简单的故事中，看到深藏在人格中的某些情结。

《狼来了》的故事确实再简单不过。

一个孩子在山顶上放羊。一天他觉得很无聊，便突发奇想，站在山顶上向山下高呼："狼来了！狼来了！"山下村子里正在忙碌的人们听到呼喊纷纷扛着锄头扁担跑上山来。但山上哪里有狼，这只是放羊娃的一个恶作剧。大人们便下山了，这个孩子继续日复一日地放羊。

又一天，他又一次在山顶上高呼："狼来了！狼来了！"山下的人们听到他一声比一声高的呼救，想必是经过多多少少的犹豫，还是拿着扁担锄头赶上山来。这一次，大人们依然上了当，狼的影子都没有，放羊娃和羊群安然无恙。大人们只好又纷纷下山了。

这一天，狼真的来了。放羊娃在山顶上高声呼救，但任凭他喊破了嗓子，再没有一个大人赶上山来。

这无疑是一个实施戒谎教育的故事，之所以流传广泛，人们往往从道德教育的必要性来解释。然而我们说，这个故事之所以有如此强大的生命力，原因绝非如此简单。它所蕴含的触动灵魂的力量，几乎使所有的儿童听到以后都产生了终生难忘的深刻印象。

我们经常可以看到年轻的父母在对两三岁的子女讲述这个故事时引起的强烈反应。孩子们往往会睁大了眼睛，用掺杂着遐想的惊骇目光仰望着家长。这时的父母就会充分意识到故事震慑儿童心灵的效果。家长威严矗立，幼儿则用惊惧的目光仰望着《狼来了》的故事砌造起来的高大权威。

只要注意体会自己在儿童时代对这个故事的心灵反应，或者认真观察儿童们听到这个故事时的反应，就会知道，这个故事的力量并不在于结局的可怕——远比这可怕的童话故事多得很，却远不及这个故事能够触动儿童——而在于它触动了儿童内心隐藏的深刻冲突。

可以说，每个儿童心中都隐藏着放羊娃那种说谎的冲动，虽然他们并不一定自觉，然而，这个故事使他们隐约意识到自己有与放羊娃同样的危险。

在人类社会中，相当一些童话是劝谕性的，在告诫儿童哪些可以做，哪些不可以做，错误总带来相应的惩罚。对于一个遥远的、轻易不犯的错误，再重的惩罚也不可怕。但对于一个时时可能犯并且经常渴望犯的错误，"被狼吃掉"的惩罚就显得触目惊心了。

说谎的冲动与戒谎的惩罚，是人类从儿童时代起就隐蔽着的深刻冲突。

二

中国历史上一个真实的故事与《狼来了》十分相似，它就是西周末年的《幽王烽火戏诸侯》。

昏聩的周幽王宠信他的后妃褒姒，而褒姒却终日不见笑脸，幽王问曰："卿何故不笑？"褒妃答曰："妾生平不笑。"幽王曰："朕必欲卿一开笑口。"遂出令："不拘宫内宫外，有能致褒后一笑者，赏赐千金。"虢石父献计曰："先王昔年因西戎强盛，恐彼入寇，乃于骊山之下，置烟墩二十余所，又置大鼓数十架，但有贼寇，放起狼烟，直冲霄汉，附近诸侯，发兵相救，又鸣起大鼓，催趱前来。今数年以来，天下太平，烽火皆熄。吾主若要王后启齿，必须同后游玩骊山，夜举烽烟，诸侯援兵必至，至而无寇，王后必笑无疑矣。"

对于这个亡国之计，幽王居然回答："此计甚善。"往下故事的进展，《东周列国志》这样写道：幽王"乃同褒后并驾往骊山游玩，至晚设宴骊宫，传令举烽。时郑伯友正在朝中，以司徒为前导，闻命大惊，急趋至骊宫奏曰：'烟墩者，先王所设以备缓急，所以取信于诸侯。今无故举烽，是戏诸侯也。异日倘有不虞，即使举烽，诸侯必不信矣。将何物征兵以救急哉？'幽王怒曰：'今天下太平，何事征兵！朕今与王后出游骊宫，无可消遣，聊与诸侯为戏。他日有事，于卿无与！'遂不听郑伯之谏。大举烽火，复擂起大鼓。鼓声如雷，火光烛天。畿内诸侯，疑镐京有变，一个个即时领兵点将，连夜赶至骊山，但闻楼阁管籥之音。幽王与褒妃饮酒作乐，使人谢诸侯曰：'幸无外寇，不劳跋涉。'诸侯面面相觑，卷旗而回。褒妃在楼上，凭栏望见诸侯忙去忙回，并无一事，不觉抚掌大笑。幽王曰：'爱卿一笑，百媚俱生，此虢石父之力也！'遂以千金赏之。至今俗语相传'千金买笑'，盖本于此。"

时隔不久，周幽王被敌兵围于城中，这时，又是那位虢石父奏曰："吾王速遣人于骊山举起烽烟，诸侯救兵必至，内外夹攻，可取必胜。"幽王从其言，遣人举烽。结果是："诸侯之兵，无片甲来者。盖因前被烽火所戏，是时又以为诈，所以皆不起兵也。"在这场战乱中，周幽王与褒姒先后被敌军杀死。

我们看到一个和《狼来了》如出一辙的故事，周幽王受到的惩罚也与放羊娃同样惨烈。

周幽王"举烽火"和放羊娃高呼"狼来了"一样，是说谎的行为。放羊娃说谎，只是满足一种冲动，取得一种精神上的快乐；周幽王说谎，并不是为了任何实际的利益，也是在满足一种说谎的冲动，通过说谎的恶作剧取得宠妃开口一笑的享受。

童话故事与历史故事中隐含着相同的心理机制。周幽王和褒姒这一自杀性的说谎游戏，蕴含着与儿童一样的内心冲动。

三

周幽王"举烽火"与放羊娃高呼"狼来了"同属于儿童性的说谎冲动，那么，儿童的说谎冲动来自哪里？

很显然，它来自成年人的社会。

说假话并不都被人类社会否定，也并不都被严惩。恰恰相反，在某些时候，说谎还会得到人类社会很高的"奖赏"。在一定程度上，说谎是人类社会永远不可避免的现象。

首先，我们看到所谓"善良的谎言"的存在。

为了帮助和安慰他人，为了集体的利益，"善良的谎言"是经常存在的：对身患绝症的病人，要用假话掩盖其疾病的真相；对于需要帮助的他人，竭力掩藏自己的困难，夸张自己的能力；在一切需要牺牲的地方，用假话掩盖自己的苦难与丧失；一个勉力支撑生活重担的母亲可以每日强颜欢笑，掩藏自己的劳累和病痛，如此等等的"说谎"行为都被人类社会称为美德，而予以道义上的高额奖赏。

这种奖赏常常超出道义的范围，给这些人带来更为完整的人生成功。具有美德的人是被社会称道的、尊重的、推崇的、照顾的，社会绝不将"说谎"这个在实际中已经带有极大贬义的词汇加在这些人身上。

但实际上，当一个母亲满身病痛硬撑着身体照顾子女，还强颜欢笑地说自己很舒服时，这显然是谎言。这样的谎言自然应该得到也确实得到了社会的奖赏。这种奖赏机制从婴儿一出生起，就以潜移默化的方式输入到幼小生命的大脑中：摔倒了，疼，说不疼，被夸奖为"勇敢"；打针时，疼，说不疼，同样被夸奖为"勇敢"。

许多对美德的奖赏都在培育"善良"的说谎。

接着，我们又看到被称为"智慧"的说谎。

在人类社会中，很多政治的、军事的、外交的斗争都充满了说谎的智慧。特别在对立性质显然的敌我斗争中，掩盖真相，制造假象，声东击西，兵不厌诈，都是大规模的、极端的"说谎"行为。可以这样说，对敌斗争的智慧在相当程度上就是"说谎"的智慧、欺骗敌人的智慧。

对于这种"智慧"，人类社会不但从未给过惩罚，反而给予高额的奖赏。因为兵不厌诈、愚弄敌人的说谎技术高超而成为战争中的辉煌胜利者，不仅享受了胜利，还被人类历史称为智慧的天才。

对于这类智慧说谎的高额奖赏机制也渗透在儿童的生活中。儿童时代的一切游戏：捉迷藏、打仗、下棋、玩牌，都在运用和鼓励着这种智慧。相当多的儿童游戏和成年人的娱乐项目一样，都在模仿战争。兵不厌诈是这些游戏的智慧准则之一。掩盖真相、制造假象、愚弄敌人是贯穿游戏始终的准说谎行为，然而，它们因为一贯得到胜利的"奖赏"而受到鼓励和支持。

当一个两岁的孩子把头蒙在被子里，高嚷着"我没有了"时，他已经在和大人的嬉戏中运用这种智慧说谎。而当母亲佯装找不到他，自言自语地东搜西寻时，小孩子最终一掀被子得意地喊道："我在这里！"这时，母亲的惊叹就给了儿童一个"智慧谎言奖"。

当然，自古以来对于战争中"兵不厌诈"的智慧从来不冠以"说谎"这个贬义词。

再接着，我们就可以谈到一般被称为"说谎"的说谎了。

只要是被称为"说谎"的说谎，就已经带有道义的批判、词性的贬义。这一类"说谎"是千差万别的，根据人类社会道德的评判，大致可以分为两大类：

一大类，是属于不侵害他人、纯粹自利性的说谎。譬如，在生活中为了保护自己的隐私，为了躲避某些纠缠，为了减少不必要的麻烦，为了回避一些不愿回答的问题，为了不伤害他人的自尊又保护自己的行动自由权，人们有可能随随便便用谎言代替真实情况。这种说谎行为往往会给一个人的生存与活动带来某种方便，这是大多数人在生活中经常做的事情，而它所带来的方便就是得到的最大"奖赏"。

纯粹自利性的说谎充斥于人类社会，离开了这种说谎，社会的人际关系会滞涩得多，有时甚至会寸步难行。对于这类说谎，惩罚也是有的，就是当它败露时，会被认为是"说谎"，会损害一个人的诚实与信用。

另一大类，就是损人利己的谎言了。它带有显然的侵害他人利益的性质，在道义上常常受到人类社会的谴责。

这类说谎行为经常得到高额的"奖赏"。这种"奖赏"虽然带有很大的风险，然而奖赏之厚重常常引得一些人铤而走险。在政治、经济、社会生活、家庭生活、感情生活中，在一切生活范围内，说谎都是某些人牟取人生暴利的手段。谎言自古以来是某些人取得财富和地位的通行证。

成年人的世界中说谎获得"奖赏"的机制，无论是纯粹自利性质的说谎，还是损人利己性质的说谎，都源于童年开始的人类文化的浸泡。孩子从小享受着说谎带来的"奖赏"：用说谎来躲避大人的管教与打骂，为自己争取生存的空间，甚至为自己带来某些夸奖与荣誉。

儿童说谎的冲动根植于成年人社会说谎得到"奖赏"的背景中。

四

然而，人类社会又要戒谎，要提倡和维护诚实与信用。因为必要的诚实与信用是维持社会存在的基本条件。

商品交换可能充满着谎言与欺骗，然而它从一开始就以诚实与信用为基础。政治的交往，经济的交往，社会的交往，在一定程度上都要以诚实与信用为基础。各种利益的联结也要以诚实与信用为基础。

一个家庭、一个集团、一个整体得以维系，其内部需要一定的诚实与信用做基础。对于统治者而言，无论是一个家庭的统治者，一个集团的统治者，还是一个国家的统治者，他在要求被统治者对其诚信的同时，自己也要表现出某种程度的诚信。

说得更彻底一些，这个世界之所以能够按一定秩序联结在一起，都是通过心理的环节。无论是经济的关系，还是政治的、法律的、家庭的、伦理道德的或其他各种社会关系得以存在，是每个人的心理中都有对这种关系的认定。必要的诚实与信用是社会各领域联结的基本条件。没有这个条件，一切经济上的来往、合作与交换都不能成立，一切政治的、家庭的、伦理的、社会的交往、合作、协议与交换也都不能存在。因此，人类总在道义、意识形态、法律上强调诚实与信用，总在不懈地进行戒谎的斗争。

社会对于那些违背法律、违背政治经济规则、违背道义的欺骗行为是处以严厉惩罚的。说谎在有可能获得高额"奖赏"的同时，也包含着遭受严厉惩罚的巨大风险。谎言的制造者有可能沦为下场最悲惨的人，绞刑架与千年遗臭的道德批判有可能在等待他们；而诚实与信用却可能成为一个人获得成功、得到人类最高奖赏的康庄大道。

因此，成年人的世界将戒谎教育浇淋到刚刚出生的婴儿身上。

戒谎教育的直接好处，首先是维护家长的统治：小孩诚实不说谎，才便于家长管教，孩子从而也更加安全。戒谎的长远好处，是保障孩子长远的人生利益。具备诚实与信用的人在未来人生中才会真正便于被社会接受，比较容易得到成功。对儿童的戒谎教育体现出社会维持自身秩序的一个程序，体现出人类社会在相当程度上要建立在诚实与信用的基础上。

戒谎教育所采用的最有力手段无非是两个：一是给予诚实高额奖励；二是给予说谎严厉惩罚。从某种意义上讲，严厉的惩罚往往更有力量。《狼来了》的故事就把这种严厉的惩罚形象生动地摆在了儿童面前。

放羊娃要说谎，羊群就被狼吃掉。儿童那潜伏的说谎冲动面临着严厉惩罚的恶狼爪牙。由于这种劝诫，一方面，说谎的冲动肯定受到了压制；另一方面，正因为受到压制，它可能成为一种内在的冲突。在大多数情况下，说谎的冲动被有力地平抑了；而在少数情况下，反而可能增添了冒险的刺激：面对恶狼吞食的危险，说谎增添了"尝禁果"的意味。

就像有些成年人，他的一生不仅因为撒谎的行为而冒险，而且为了冒险而撒谎。

五

对于《狼来了》的故事，我们的分析远不止于此。

放羊娃高呼"狼来了"，表现出的还不只是儿童的一般性撒谎冲动，还有一种特别的情结，那就是用制造出来的危险境界换取成年人的关注。

这是很多儿童从小就可能形成的心理模式。

一个孩子从出生起，就因为哇哇啼哭引起大人的关注。他饿了会啼哭，难受了会啼哭，疼痛了会啼哭，生病了会啼哭，由此得到加倍的照料。这种奖赏机制培育出的结果是，孩子只要表现出苦痛，就会引起成年人的关注。

再发展下去，儿童遇到任何欺侮、伤害、危险、噩运，都会引来成年人的关注。

这样，我们就会看到这个模式如何在生活中塑造着人格。很多人从小到大都在运用这个模式，他有意无意地运用着自己的疾病和苦难，运用着自己令人同情的遭遇，以吸引世界的注意。

放羊娃正是这种心理模式的典型。他一个人在山上孤单地放着羊，日复一日，成年人的世界从来无暇顾及他。直到有一天他高呼

"狼来了"，让人们以为他的生命处在危险中时，整个成年人的世界都行动起来，潮水一般向他聚拢。当漫山遍野的人举着扁担锄头向这里狂奔时，小小的放羊娃一定感到非常快乐。

在生活中，我们既可以看到这种情结的普遍表现，也可以看到这种情结的畸形表现。心理医生考察的档案中不时会看到一些男女青年一次又一次发出自杀的宣言，使得父母家人、亲朋好友乃至与他相关联的整个环境都被惊动。他便在雪花般纷纷飞来的关心、劝慰和友爱中陶陶然，同时也便安然地活下来了。

时隔不久，当他觉得受到社会冷遇或者感到再次遭人遗忘时，他会又一次发出类似的呼喊。这和放羊娃的举动十分相似。

有的人一生都在制造痛苦或者危险的故事以引发周边世界的关注。这是一个儿童的痴心妄想，这是一个放羊娃的情结。

看清楚这一点，我们就能在社会中看到相当多的行为是在重复放羊娃的故事。他们在孤独的、被人遗忘的山头上高喊着"狼来了"，渴望着社会与亲人的关怀与照顾。对于这些呼喊，我们常常不得不投以一丝宽容而又讽刺的笑意。

六

山下的人们听到"狼来了"的呼喊跑上山来，放羊娃成功地成为关注的中心。故事接下来怎样呢？自然是大人们感到上当了。放羊娃一拍手笑嘻嘻地说：没有狼，我和你们开玩笑呢！大人们便生气的生气，叹息的叹息，然后，气喘吁吁无可奈何地四散下山。这时，放羊娃的心态是可想而知的。特别是当他故伎重演之后，我们清楚地看到了他恶作剧的嘴脸。

对这种愚弄并驱使世界的恶作剧的快感，我们有必要进行透视。

在周幽王、褒姒那里，我们看到了同样是愚弄并驱使世界的恶作剧快感。这种恶作剧是典型的儿童化冲动。

当一两岁的小孩在被窝里和大人玩捉迷藏，并"愚弄""驱使"了大人，在大人的惊叹中发出得意的笑声时，他心中已经开始形成这个根深蒂固的情结。是大人将愚弄、驱使自己的权利交到了孩子手中，而孩子正是在儿童的游戏与幻想中形成了愚弄和驱使成年人的富有刺激和快感的冲动。

然而，人类社会却有一个法则，儿童的行为只要一超出儿童的年龄界限被带到成年人的世界，就会因其荒诞不经而受到严厉惩罚。

放羊娃依然做着儿童的游戏，然而，当他面对着野狼出没的山谷在山顶放羊时，他已经处在成年人的位置上了，于是，儿童的恶作剧就在成年人的位置上受到了"被恶狼吃掉"的严厉惩罚。周幽王、褒姒同样把一个纯粹儿童性质的恶作剧搬到成年人的世界中，于是名败身亡。

当我们放开眼界更广阔地扫描社会与历史时，发现有相当多的历史人物在重演放羊娃和周幽王的恶作剧。世界上某些大规模愚弄和驱使民众的帝王元首，他们很多看来怪诞不经的超越理智常识的行为都带有放羊娃和周幽王的情结。

在儿童时代可以被大人嬉笑宽容的愚弄和驱使世界的恶作剧，一旦在成年人的世界中放大与再版，就造成了许多血火交织的社会大动乱。

历史学家会对这些社会大动乱做出种种政治、经济、社会、文化的分析，也会对大动乱中的代表人物做出类似的分析，这里要补充的是，这类人物的所作所为中，可能还有一个童年时代根植于他心灵的恶作剧情结。

七

在《狼来了》的故事中，我们看到了隐藏在儿童心灵深处的四种冲动。

第一种，说谎的冲动。这种冲动根植于整个人类社会文化中，因为每个人所处的社会、家庭、教育环境的不同，说谎的冲动也因人而异。

大多数人可能处在正常的范围之内，能够在成年之后正确告别儿童时代的游戏环境，能够按照人生的需要、社会的规则理智地处置自己的言行。然而，也有一些人在成年之后仍然保持强烈的说谎冲动，这种冲动和他所处的社会环境相结合，吸取各种信息的刺激与诱惑，最终形成热衷说谎的人格。

有的人几乎终生在谎言中生活。无论在政治活动中、经济活动中，还是在一般性的社会生活中、人际交往中，甚至在婚姻感情生活中，他总是习惯于编造谎言，不断地用新的谎言去修补旧的谎言，而且乐此不疲。

说谎的本质是欺骗，言语的欺骗自然会延伸为行为的欺骗。盗窃、诈骗和其他各种政治、经济、社会行为中的骗术都可能成为这种人的行为方式。且不说在政治、经济等社会性行为中，仅仅在感情生活中，我们就不难发现，有的人终生在谎言中生活。他的整个感情生活经历都是用谎言堆砌的；没有谎言，他的感情生活体系就会顷刻崩塌。

第二种，从儿童时代起，不仅可能隐藏了说谎的冲动，而且可能隐藏了冒着惩罚的危险说谎、尝禁果的冲动。

这是一种更隐蔽的冲动，常常以畸形的、严重的程度表现出来，也是更少数的一种类型。这一类型的人就可能是进行各种犯规行为的"冒险家"，他们不仅因说谎而冒险，而且在一定程度上还因冒险而说谎。他们在各种谎言与欺骗中追求铤而走险的刺激，谎言与冒险像毒瘾一样控制着他们的灵魂。

第三种，儿童时代就隐藏在心灵中的制造个人危难情境以吸引世界关注的冲动与情结。

这种冲动与情结对于大多数人而言在可宽容、可理解的范围之内，而有些人则走向畸形的病态，折磨自己与家人，严重的还可能祸及社会。

第四种，儿童时代形成的愚弄和驱使世界的恶作剧情结。

对于多数人来讲，这种情结随着年龄的增长很快作为儿童的游戏心理收在一边了，最多在遇到合适的条件时，有这样或那样隐约而温和的流露与表现。然而，对少数人来讲，有可能成为突出影响人生与行为的强烈情结。当他作为普通人时，这种情结以生活中戏弄他人的恶作剧频频表现；一旦成为一方权势人物，就会发生周幽王烽火戏诸侯的经典故事。

上述四种冲动与情结，特别是后两种，是放羊娃特有的冲动与情结，它概括了放羊娃高呼"狼来了"的全部心理动因。一个《狼来了》的故事，看似简单，却如此不简单。

第二章

俄狄浦斯情结：恋母憎父的小男孩

一

　　俄狄浦斯是传说中希腊忒拜的英雄。有关俄狄浦斯的神话传说曾在公元前五世纪被索福克勒斯改编为伟大的悲剧《俄狄浦斯王》。在近代文学中，俄狄浦斯的形象也曾使高乃依、伏尔泰、雪莱、普希金等人获得创作灵感。

　　这是一个有着强烈艺术魅力的神话故事，由于弗洛伊德对它做出的精神分析，并提出了所谓"俄狄浦斯情结"，它在现代就更加广为人知了。俄狄浦斯的神话以及弗洛伊德有关"俄狄浦斯情结"的分析，将使我们在透视人格的探索中找到新的启示。

　　相传俄狄浦斯是忒拜国王拉伊俄斯和皇后伊娥卡斯忒的儿子。国王拉伊俄斯听到预言说，自己将死于亲子之手，因此，当俄狄浦斯出生后，就刺穿了他的双脚（俄狄浦斯这个名字的意思就是"肿脚的"），并命令一个奴隶把俄狄浦斯扔出去喂野兽。这个奴隶可怜孩子，把他送给了科林斯国王波吕玻斯的牧人。后来，又被波吕玻斯收养下来。俄狄浦斯渐渐长大，从未怀疑过国王波吕玻斯是他的生父。俄狄浦斯成人之后得到得尔福神示所的预言：他将弑父娶母。怵于神示，他决定永远离开国王波吕玻斯及王后墨洛珀。在漂泊和漫游中，他到了一个十字路口，遇见忒拜国王拉伊俄斯，在一场冲突中杀死了国王。国王的侍从除一人逃走外，全被杀死。神示的前部分就这样应验了：他成了弑父的凶手。

在前往忒拜的途中，他遇见了怪物斯芬克斯。守在通往忒拜城的十字路口的斯芬克斯，让过路人猜一个谜语："是谁早晨用四条腿走路，白天用两条腿走路，晚上用三条腿走路？"猜不出的人就会被吃掉。俄狄浦斯猜出了这个谜语后，怪物斯芬克斯立刻坠下深渊，通往忒拜的道路从此太平无事。忒拜人感激不尽，把这位救星选为新的国王，并让前国王拉伊俄斯的孀妻伊娥卡斯忒做他的妻子。他们生下了两个儿子和两个女儿。

俄狄浦斯当了几年治国有方的国王以后，忒拜发生饥荒和鼠疫。得尔福神示所预言，只有放逐杀害前国王拉伊俄斯的凶手，灾害方能消除。俄狄浦斯忧国忧民，全力缉捕罪犯。最后，他找到了那个唯一脱险的老国王的侍从，才知道杀害老国王的凶手竟然是自己。凶杀案的见证人恰恰是曾把婴儿时的俄狄浦斯交给波吕玻斯王的牧人的那个奴隶。俄狄浦斯惊骇万状，不祥的预言全部应验了：他不仅杀害了父亲，而且娶了母亲。

俄狄浦斯刺瞎了自己的双眼，其母伊娥卡斯忒自杀身死。关于他的残生众说纷纭。最古老的神话说，双目失明的俄狄浦斯在忒拜度过余年。后来的神话说他遭到儿子们的放逐，他离开忒拜时，曾诅咒儿子，父亲的诅咒竟成了兄弟不睦和死亡的原因。

对于这个神话还能够做的简单说明是，在许多民族中曾广泛流传着一个带来不幸的孩子的传说，俄狄浦斯的神话是这种传说的一种。禁止父母同子女通婚起源于远古时代，俄狄浦斯遭受惩罚就是这方面的反映。俄狄浦斯可能是古希腊时代以前的神。希腊南部和中部还保留着古典时代对他崇拜的遗迹。（参看《神话辞典》，［苏联］M. H.鲍特文尼克等人编著，商务印书馆 1985 年中文版）

二

俄狄浦斯的神话以及根据其改编的悲剧在弗洛伊德之前，就像通常的神话故事与戏剧一样摆在世人面前。只有当弗洛伊德分析之后，人类才对这个故事有了恍然大悟似的新理解。

弗洛伊德在《释梦》一书中曾经对俄狄浦斯的故事做出分析，他指出，索福克勒斯所著的悲剧《俄狄浦斯王》之所以对古人、今人都有同样强烈的震撼力，并不在于它在揭示神的意志所代表的命运与个人意志之间的悲剧性冲突，因为其他种种描写命运与个人意志冲突的所谓悲剧都没有产生过像《俄狄浦斯王》这样震撼心灵的力量。他认为，这个悲剧的震撼力是由于它触发了人类社会每个成员都有的一个深刻心理情结，这就是儿子的"恋母憎父情结"，或者更尖锐地说是"弑父娶母情结"。弗洛伊德把这个情结称为"俄狄浦斯情结"。这已成为世界范围内精神分析学的通用概念。

弗洛伊德在他的研究中认为，俄狄浦斯情结见于三至五岁的儿童，这个年龄段的男孩都有过这样或那样"弑父娶母"的梦想，它成为一个情结潜藏于儿童的深层意识中。同样，这个年龄的女孩则是"恋父憎母"的，有着恋父憎母的本能愿望，弗洛伊德把它称为"厄勒克特拉情结"，这名字来源于参与杀死自己生母的希腊神话人物厄勒克特拉。

弗洛伊德认为，三至五岁儿童的俄狄浦斯情结（以及厄勒克特拉情结）通常结束于儿童与同性家长认同并抑制其性本能的时候。如果与双亲的关系比较亲密，没有带来精神创伤，而且双亲的态度既不过分抑制，又不过分刺激，这一阶段就会顺利地通过。但若存在着精神创伤，便会发生"婴儿神经症"，成年后还会发生相似的反应。弗洛伊德认为，"超我"是一种道德因素，支配着有意识的成人心理，也起源于克服俄狄浦斯情结的过程中。对抗俄狄浦斯情结的反应是人类心理最重要的社会成就。

根据弗洛伊德的理论，我们清楚地看到，俄狄浦斯的故事之所以有震撼人心的艺术力量，就因为它触动了潜藏于每个人童年深层记忆中的情结。俄狄浦斯无意中"弑父娶母"的经历，以隐蔽的方式满足了人们心灵深处"弑父娶母"的愿望。而俄狄浦斯最后刺瞎双眼的自惩，又表明了人类对俄狄浦斯情结的罪过感与忏悔。这种自惩与忏悔本身就表明人类文明在对抗和克服俄狄浦斯情结时所做的努力。

三

弗洛伊德对俄狄浦斯情结的发现是破天荒的，虽然随后的精神分析学家以及其他学派的心理学家曾指出弗洛伊德的描述并不完全精确，在某些方面仍有局限，但这并不能抹杀弗洛伊德这一伟大发现的光辉。

俄狄浦斯情结的发现是人类探索自身过程中的一项重大成果。那个守候在通往忒拜王国十字路口的怪物斯芬克斯给出的谜语正隐喻着人类必须认识自己：什么东西早晨用四条腿走路？是人生的早晨即童年阶段手脚并用地四肢爬行；同样，又是人生的中午也即成年阶段用两条腿走路；最后，到了人生的夜晚也就是晚年挂上拐棍，用三条腿走路。当世人无法回答斯芬克斯的谜语时，就只能被怪物吃掉，因为对自身缺乏认识的人是不能获得生存权利的；一旦人类认识了自己，吞食我们的怪物就会即刻坠入深渊，通往自由王国的道路才能敞开。

现在，我们不仅要抓住弗洛伊德的发现，还要从此出发，克服弗洛伊德的局限，做出更深刻的发现。我们要在对俄狄浦斯神话的分析中，在对我们自身经历与耳闻目睹的观察中，更透彻地发现俄狄浦斯情结在人类社会中的表现。

让我们首先探究俄狄浦斯情结在人类社会的一般性表现。

作为生命的萌芽，可以断言，一个人在其胎儿时期已经开始逐渐形成性别，这是被现代生理学轻而易举证明了的事情。生命从这个时候起已经在生理上有了最初的性别特征。随后他出生了，以一个完全定型的、一般情况下不可逆转的完整形式表现出了自己或男或女的性别。

就生理而言，他（她）以一个确定的性别出现在世界上。倘若他有一个鸟雀般翘起的男性生殖器，他就会被认作为一个男孩，被他的父母以及整个环境所认定。这种对性别的明确认定会带来一整套相关的态度。

当父母及所有相关的环境把他看成一个男孩时，他们的整个态度体系从孩子诞生的第一天起就给了他一个特定的心理环境。这时，他的性别不仅具有了生理特征，而且具有了心理意义。他从出生的第一刻起，就被当作男孩对待。所有的目光，所有的爱抚，所有的嬉笑，所有的照料，以及所有在他身边的言语，都将一种男孩的心理标志印记在他幼小的生命上。

孩子成长在性别分明的文化中。小婴孩一天天长大，他在生身亲长和与之相关的环境中越来越具有明确的性别。当社会环境越来越把他当作男孩对待时，这种带有性别特征的心理哺育随同生理的哺育一同造就着小男孩的成长。小男孩在性生理与性心理两个方面同时发育着。他的性意识越来越明显，在一两岁时，就有了很多分明的表现。而到了三至五岁时，我们便看到了典型的俄狄浦斯情结。在他的世界中，主要只有一个异性，那就是母亲；主要只有一个同性，那就是父亲。他的性意识便非常集中地表现为恋母憎父。

当人类没有得到弗洛伊德的告诫时，当一般社会民众缺乏心理学常识时，这一切不仅在小男孩本身是不自觉的，在他的父母及周边的成年人中也是蒙昧的。当一个小男孩在嬉戏中举起玩具手枪，吵嚷着"打死爸爸"时，周边的大人们连同父亲本人都会哈哈一笑，引以为趣。当成年人逗笑地问着小男孩"你长大娶谁呀？"，小男孩脱口而出"娶妈妈"时，又引来成年人包括其父母的欢乐大笑。这在千万个家庭都发生过的小小场面，已经天真无邪然而又确实无疑地暴露出小男孩的恋母憎父情结。

在儿童的那个年龄段，这种恋母憎父甚至可能变为幼稚而痴憨的娶母弑父妄想，这一现象曾被弗洛伊德等心理学家屡屡在精神个案中发现。这一阶段小男孩的俄狄浦斯情结表现得十分强烈，特别是某些特殊家庭环境，尤其会使这个情结滋长壮大。

如果不是男孩而是女孩，俄狄浦斯情结便成了厄勒克特拉情结。除了比较特殊的情况以外，几乎没有例外。正视这个事实是认识自我的必要环节，是人类战胜斯芬克斯怪物必须有的智慧。

俄狄浦斯情结在儿童的某个年龄段可以说是最有力的情结，它控制着这个年幼的生命。也正是从这个阶段开始，人类的文化对他实施规范，使他开始了对抗和克服自身俄狄浦斯情结的漫长过程。

这个过程最初可能是从意识到了恋母的羞耻开始的。当母亲不再与他一起洗浴时，当母亲不再搂着他同床睡眠时，他朦胧意识到了这些变化所划定的界限。也许昨天母亲还领着他去女浴室一同洗浴，而在今天这个享受就被剥夺了，他只能不情愿地跟着父亲走进男浴室；也许昨天晚上他还睡在母亲的怀抱中，今天他就必须独自躺在自己的小床上。这种变化对一个小男孩心理的深刻影响可以说如电闪雷鸣。在一系列"儿大避母"的文化影响下，无论他怎样留恋与母亲同浴同眠的情景，那样的日子都一去不复返了。一天天的，他在人类文化的规范中知道了自己企图的非分与羞耻。

他也便渐渐意识到了父亲与母亲关系的真正含义，也意识到了父母同床而眠的关系。父母的床是他不该觊觎的，一个越长越大的男孩要习惯独自睡在自己的小床上。这时，他常常会用一种极为复杂的目光环绕和打量着父母的卧床：一方面，他可能会在心灵深处敌视那个将他与母亲分隔开的父亲；另一方面，他知道这是自己不得不接受的秩序。

在父母得当的规范下，小男孩逐渐适应着自己一天天长大的事实。他也便不仅看到了父母之间的特定关系，也看到了世界上所有一男一女的夫妻关系。他开始逐步明白、逐步理解男女结婚的含义。

　　当他活动的半径逐渐扩大之后，他便在与同龄女孩的交往中一点点意识到自己更完整的男孩角色。现在，他不仅是母亲面前的男孩，而且是女孩面前的男孩。各种类似过家家的游戏，各种美丽的童话故事，大人对他和小女孩关系的种种嬉戏玩笑，都使他朦胧地梦想和猜测着他和这些女孩在未来的关系。正是在与同龄女孩的接触中，他逐步形成着真正的男性自我意识。

　　这样，他有了对父亲的某种认同。他开始以父亲为榜样。因为他要面对同龄的女孩，他要面对世界，他要扮演一个男人的角色，这时，高大的父亲便是他人生的第一个楷模。对父亲的认同和模仿是男孩在儿童阶段特别重要的心理成长。

　　倘若他的父亲强大而慈爱，这个成长就会顺利。如果他的父亲无能且又凶恶，成长自然会比较困难。在这个发展阶段的男孩，母亲依然是他最为爱恋的对象，然而这种爱恋会被逐步抑制起来，更多地成为一个温暖可靠的源泉。而父亲在他心目中的形象则是复杂的：在人类文化的规范下，他逐渐将对父亲的敌视克制下来，变为一种越来越不自觉的潜意识，同时又滋长起对父亲越来越多的崇拜。父亲的权威是最不可藐视的巨大存在，如神像一般高高矗立，成为必须遵守的秩序的象征。这种崇拜自然含着敬畏，正是这种敬畏，可能成为一个人通往宗教信仰的心理基础。

　　三岁以后，孩子的活动半径逐渐超出了家庭，父母在他生活中的比重下降了。特别是当他背上书包走向学校时，与父母的关系进一步松弛了，他有了独自的社会生活。他不仅要和同龄的男孩女孩交往，还要和不同年龄的孩子们交往。这时，他对俄狄浦斯情结的进一步克服就有了更充分的条件。如果他所经历的家庭生活、学校生活、社会生活都正常，那么，这个小男孩就会逐渐接受秩序，能够正确对待父母，正确对待不同年龄的同性和异性。在很多时候，我们常常看不到他曾经有过的恋母憎父情结，看到的是他以平和的态度对待父母。

通常的，严父慈母的家庭会成长起一个顺应这个家庭体制的正常的儿子。

十七八岁后，儿子逐渐成年。这时，他与父母的关系又开始了一个有着重要意义的变化。对父亲依然是尊敬的，然而，他可能会对父亲的指示有更多的质疑。而真正明显的变化是对母亲的态度。不知不觉中，他变得比较经常地指导母亲。因为他的知识，还因为他的主见，使得他越来越多地发出了训导母亲的声音。母亲这时常常显示出甘于接受儿子的教导，并且由于这种来自男性世界的保护和支配而感到幸福。

儿子的男性角色日益成熟，他或多或少把母亲看成同龄的女人，他在表现男人的优越与责任。当母亲凡事要和儿子商量，而儿子也惯于发布指导性意见时，儿子成长了。这时的母亲脸上往往会挂着听从的微笑，儿子则是振振有词的自信。面对这个和谐的画面，一旁含笑不语的父亲心中常常会生出一种他不愿意流露的不自在。当他宽容时，他在内心独白中赞叹儿子的成长；在他狭隘时，他感到了被排斥的刺激与嫉妒。

父亲的心理反应解释了儿子行为的潜在意义，那就是他在不自觉地争夺着父亲的位置。他之所以对教导母亲有如此大的热情，不仅因为对母亲的爱，不仅是表现自己的成熟，不仅是受到母亲信赖的鼓舞，更重要的一个潜在冲动是，教导和保护母亲曾经是父亲特有的责任与权利，他因为不自觉地争夺这个位置而激情满怀。

当母亲听从地仰视着高大英俊的儿子滔滔不绝的训导时，这时的父亲便在人类文化的规范下逐渐消化了自己受到的刺激，以宽容甚至显得欣喜的微笑接受家庭的这一新事实。这个并非很好忍受、但也不是很难忍受的刺激经过一个不长也并不很短的时期，终于忍受过去了。做妻子的和做儿子的都不曾理解做父亲的心理支出。

新的一页开始了。儿子走出了家门，组成自己的小家庭。父母与儿子的关系终于圆满地度过了共同生活的历史。

再往下，儿子将成为父亲，他同自己的父亲一样，或许也将面对新生的儿子，新的俄狄浦斯情结又将从一个新生命的胎儿时期开始其萌芽、生长的历程。

四

我们看到，俄狄浦斯情结是普遍的、强有力的情结，它几乎存在于每一个男孩身上，并在很大程度上成为影响其一生人格的重要情结。我们也看到，人类社会的道德、伦理、秩序等文化可能是更强有力的，在它的规范下，每个男人都在经历着一个抑制和克服儿童时代形成的俄狄浦斯情结的过程。

对于多数人来讲，这个过程会比较顺利地完成。他们在人生中不仅学会了如何正确对待父母，也学会了如何正确对待子女。我们在上一节中描述的男孩成长历程，就大致代表了这种正常情况。

然而，深入研究各种心理现象，我们不得不指出，每个男人在抵抗和克服俄狄浦斯情结时都需要一定的条件。条件不同，抵抗和克服的结果不同，会造成人格的巨大差异。由于条件的缺陷，非健全人格和病态人格也是并不鲜见的社会现象。

弗洛伊德在《释梦》一书中曾经讲到一个俄狄浦斯情结造成的典型病例："在另外一次机会里，我对一个年轻男子的潜意识有了很深刻的了解，他因患强迫性神经症几乎无法生活。他不敢上街，因为他怕他会杀掉任何在街上遇到的人。他整天准备各种不在犯罪现场的证据，以防他被控告与城里所发生的谋杀案有牵连。顺便补充一句，他是受过良好教育也有良好道德的人。对他的分析（顺便提一下，分析帮助了他康复）表明：这一症状的基础是来自杀害他有些过分严厉的父亲的冲动。令他惊讶的是，这种冲动在七岁时就已有意识地表达出来，而实际萌发时间比这个时间还要早得多。当他的父亲因病而痛苦地死去之后，病人的强迫性自责就出现了，他（当时 31 岁）采取了一种转移到对陌生人的恐怖形式。他觉得一个想把自己父亲从山顶上推下去摔死的人怎么可能去尊重那些与自己没有关系的人的生命呢？所以，他把自己闭锁在房间里，是完全可以理解的。

"根据我的经验（这个经验已很广泛），在所有后来变成精神神经症患者的儿童的精神生活中，父母起到了很大作用。爱其中一个而恨另外一个是诸多心理冲动中的一个基本的构成因素，它在儿童时期形成而在现在的病症中起主导作用。

"我并不相信精神神经症患者在这方面与正常人有多大的差别，即他们可以创造出新的特殊东西来。更有可能的，是他们的区别在于他们比其他大多数儿童表现出对父母更明显以及更强烈的爱和更深切的恨，这在偶尔对正常儿童的观察中便可得到验证。"（《弗洛伊德文集》第一卷 457—458 页，车文博主编，长春出版社，2004 年）

一个未被抑制和克服的俄狄浦斯情结，制造了这个看来有些触目的强迫性神经症。正是以这个病例为引子，弗洛伊德才在该书进入了对俄狄浦斯神话故事和剧本的解析。

俄狄浦斯情结不仅是普遍的情结，而且如果它得不到正常的克制就将造成心理疾病。有充分的证据说明，类似由俄狄浦斯情结造成的心理疾病不胜枚举。但今天的社会依然没有足够重视俄狄浦斯情结这样的性心理问题，觉得这个话题破坏了父爱母爱、子女亲情等一系列美好的说法，颇有些大逆不道，其结果是，真正大逆不道的心理疾病却由此产生。

即使在完全开放的现代社会中，有关俄狄浦斯情结的心理常识也常常被束之高阁。人们也可能是忙于各种现实的钻营与活动，也可能是心理上的本能排斥，有关俄狄浦斯情结这样的心理学问题成为很多现代人的盲区。由于俄狄浦斯情结没有得到正常的克服，其结果是在高楼大厦成堆的现代社会中活动着许多拥有不健全人格的人。

这样，我们就必然要研究人类克服俄狄浦斯情结所需要的正常条件是什么，是哪些条件的缺陷在制造人格的悲剧。

根据弗洛伊德的发现，也根据更多的心理现象概括，我们清楚地看到，一个人能够顺利抵抗和克服俄狄浦斯情结，需要以下条件：

1. 在童年时与父母亲的关系比较亲密而且没有创伤。

这种创伤会因为许多比较特殊的情况发生，譬如父母离异，譬如父母一方有精神疾病或其他影响子女基本生活境况的残疾，譬如父亲酗酒，粗暴对待子女，譬如父母中有一人虐待子女，又譬如父母对子女的乱伦，都可能给幼小的儿童造成创伤。

如果更认真地面对心理疾病案例，可以说相当多的创伤是由一些比上述平常得多的情况造成的。有时候，父母一次失当的谴责、批评、处罚和冷落都可能造成儿童与父母关系的创伤。

2. 父母亲对子女的态度亲密适度，没有过分抑制与刺激。

倘若儿子得不到足够的母爱，对母爱的渴求受到了过分抑制，那么就会使儿子克服俄狄浦斯情结的人格发展受阻。倘若儿子被过分溺爱，使恋母情结受到过分刺激，儿子同样会在人格成长中遇到阻碍。

倘若父亲对儿子过分严酷，甚至表现出敌视，使儿子在需要认同和模仿同性亲长的过程中受到了抑制，同样，他克服俄狄浦斯情结、逐渐发育完善人格的过程将受到阻碍。如果父亲对儿子过分溺爱甚至在儿子面前百依百顺、软弱可欺，那么，儿子也将失去人格正常发展的必要条件。

五

当母亲过分溺爱，而父亲过分严酷时，儿子往往会产生强烈的恋母憎父倾向，他的俄狄浦斯情结就会越来越畸形地发展。

在儿子幼小时，严酷的父亲对他还能表现出不多的宽容与慈爱。然而，随着儿子长大成为小学生之后，儿子对母亲的垄断超出了父亲能够承受的界限，父亲对儿子的严酷与日俱增。

这时，我们不仅看到儿子的强烈憎父情结，也看到了父亲的憎子情结。每当母亲袒护儿子时，父亲不仅表现出做父亲的专制，也表现出做丈夫的专制。夫妻之间因为儿子而屡屡冲突，在基本上是丈夫说了算的家庭中，最终是丈夫怒气冲冲的脾气笼罩了一切。

做父亲的一有机会就以堂而皇之的声音指责儿子的种种缺点，对儿子实施越来越严格的管教。妻子则在一旁做微不足道的缓和气氛的努力，同时在丈夫不在的情况下对儿子做安慰性的精神补偿，试图使儿子接受父亲似乎正确的严格要求。

然而，儿子以倔强的沉默开始塑造他未来的人格。

最后，常常发展出不健全的人格。

倘若母亲过分溺爱，父亲对此又听之任之时，儿子的恋母憎父情结会以另一种极端的形式表现出来。儿子在母亲的溺爱中变得为所欲为，而且日益严重地表现出对父亲的排斥。当父亲点头哈腰、唯唯诺诺地将家庭中的一切权力拱手相让时，儿子逐渐失去了对待父母的正确态度。

这样的男孩长大了，我们看到的是一个摆脱不了恋母情结的男人，还看到了一个不能够正确对待所有同性和异性的男人。面对异性，他处处摆脱不了母亲的影子。对待男人，他或许会表现得咄咄逼人，但稍受碰撞就多少显得不知所措。当这个在母亲溺爱中长大的男孩在生活中受到这样或那样的挫折时，父母都不曾想到，这在他出生开始的家庭生活中已经播下了全部种子。

倘若在母亲过分溺爱儿子的家庭中，母亲是十分强有力的角色，对儿子从小到大的照顾和管教都无微不至，把儿子像面团一样捏在手里，我们就又看到了另一种畸形人格的发育成长。男孩是恋母的，又是对母亲唯唯诺诺的。以至当他成年时，表面看来高大英俊甚至富有才华，但骨子里却是唯母命是从的男人，甚至在选择妻子时都要看母亲的脸色。

一个人成年之后都不能褪掉奶臭，像离开母亲羽翼就无法生活的雏儿，注定没有完整的男性人格，不能够真正承担今天做丈夫、明天做父亲的角色。当他事无巨细地征求母亲的意见并言听计从时，只说明这是俄狄浦斯情结扭曲下的又一种怪胎。

过滥的母爱会造成男孩人格发展的扭曲，而缺少母爱同样会造成男孩人格健全发展的障碍。

一个从小缺乏必要母爱的男孩会深深陷入恋母情结，只不过这种恋母情结以另外的方式表现出来。因为缺乏母爱，他从小就格外渴望母爱，幻想母爱，这种饥渴得不到缓解，日积月累成为压抑下来的巨大心理负担，最终导致他一生都有寻找母亲、渴望母爱的变态行为。

这些男孩从小到大都在不自觉地寻找大女人。他们常常不习惯在与自己年龄相当或比自己年轻的女性中寻找爱情，而总要在比自己年长的女人中寻找情感。

这样的男孩从小到大都很难正确对待异性。在母亲面前的受挫与失败，使得他面对整个女人世界时都拘谨怯懦，缺乏自信。许多在女性面前畏畏缩缩的男人都有一个没有充分享受母爱的童年。母亲是他生命中遇到的第一个女性，母亲的冷落从一开始就导致了他作为男人的自卑。

这种自卑有时以另一种极端的方式表现出来，那就是在女人面前表现得冷傲清高甚至恶狠，这不过是由自卑转化过来的病态的自尊。

没有顺利克服俄狄浦斯情结的男孩，由于缺乏足够的母爱，常常还表现出性发育的受阻与滞后，或者其他非健全状态。异性亲长的适度爱抚，是孩子身心两方面正常发育的必要条件。

当我们用更宽广的目光考察生活中种种人格个案时，又会发现，那些从小缺乏母爱的男孩，成年后常常变成悲观主义者。在他们眼里，人生是阴暗的，面对世界，他们表现得孤僻冷漠，怨天尤人，这无疑是有缺陷的人格。

倘若对这些男孩的家庭环境做进一步考察，我们发现：如果母爱的缺乏是因为母亲的心思放在了父亲身上，那么，男孩在恋母的同时会更加憎父；倘若母亲是因为把精力更多地放在社会上而无暇顾及儿子，儿子在恋母的同时，还会憎恨社会。

六

父亲对儿子人格的发展同样有着巨大的决定作用。

父亲对儿子施以必要的父爱，又适度地坚持原则，这是帮助儿子克服俄狄浦斯情结、发展健全人格的重要条件。

倘若儿子很少得到父爱，父亲表现得过分严酷，儿子的俄狄浦斯情结就会以十分强烈的形式表现出与父亲的对抗。这种憎父现象在很多男孩的儿童时期鲜明地存在。

在这种情况下，倘若母亲对儿子还有足够而又适度的母爱，并且由于性格比较强大，能够抗衡父亲，那么，儿子就总能在父亲的统治下感到母亲的支持，心灵上的任何伤痛都能得到及时的抚慰。这时，他的恋母憎父倾向自然是明显的。倘若母亲是宽宏大量并且善于调节丈夫与儿子关系的女人，那么，儿子就可能不仅在母亲的保护下承受住了父亲的严酷管教，而且逐渐习惯和接受父母并存的家庭秩序，以一种大体看来正确的态度对待父亲。在这样的家庭中成长起来的男孩，大多数还可能保持正常的人格，其中相当一些人还常常成为具有叛逆精神的人物。

倘若父亲十分严酷，而慈爱的母亲又不足以抗衡父亲对儿子的过苛态度，儿童时期形成的俄狄浦斯情结就会以另一种类型畸形发展起来。

有的男孩就是在这种环境中最终成了被多种精神神经症困扰的人。父亲从小到大的严酷训斥，打掉了孩子学习向上的兴趣与自信。对一个儿童来讲，他在相当程度上是为父母的奖赏而学习。当父亲把接连不断的指责加在他头上时，他也可能有过咬咬牙争口气的顺从，然而，他终于难以承受这种训斥的打击。在学习成绩出现了看来是比较难于扭转的下滑趋势时，他虽然似乎还在努力，但潜意识中已经多少有些破罐破摔，以此报复终日训斥他的父亲。他对父亲可能终生怀有强烈的敌视情绪，同时，又终生因为这种情绪产生这样那样的自疚与罪过感。

在家庭中，他没有学会如何正确对待母亲，如何正确对待父亲。因为当父母不能正确对待儿子时，也就剥夺了儿子学会正确对待家长的机会了。而一个不会正确对待父母的孩子，也便失去了正确对待所有人的能力。

倘若在一个父亲十分严酷的家庭中，母亲不仅不能抗衡父亲，而且因为惧怕丈夫而百依百顺，甚或助纣为虐成为丈夫的帮凶，儿子的俄狄浦斯情结就有了另一种更畸形的发展。这时候，儿子不仅强烈地憎父，而且还表现出强烈的憎母情绪。在有些情况下，憎母远胜于憎父。

这种心理逻辑十分便于理解。在儿童的幼稚思维中，母亲曾经是他爱恋的第一个女性，而父亲则是第一个与他争夺的对手。当母亲牺牲了儿子，像应声虫一样站在严酷的父亲一边时，儿子对母亲的爱恋受到了最严重的打击，年幼心灵中恋母的情感必然经失望、绝望而最终转化为憎恨。在这种畸形的家庭中成长起来的男孩，常常终生怀有对母亲难以原谅的仇视。

这种仇视推广开来，常常表现为对年长女人的极大不信任，日后成为他在社会生活中的误区。

这样的男孩在成年之后，在爱情关系上经常表现出一种"蛮不讲理"的专横。他常常会要求妻子或恋人对他绝对忠贞，同时却允许自己有各种"广种薄收"的恋爱行为。这种专横强烈到甚至会因为对方的一点点所谓非忠诚行为而闹死闹活。只要我们用有心的目光去观察，这样的人格也是不时能够发现的。

倘若相反，父爱超出了界限表现为过分的溺爱，这种情况通常是在母爱不充分时发生的，或者母亲无暇顾及儿子，或者母亲离开了家庭，或者母亲已经离开了人世，父亲单独承担了全部或大部分照料孩子的责任，也会使孩子的正常人格发育遭遇困境。

一个慈祥而又智慧的父亲会用种种适度的态度帮助儿子战胜各种困难，发展健全的人格。倘若父亲的态度有这样或那样的误区，情况就会比较严重。

一个从小缺乏或丧失母爱的男孩，很难建立起完整的自信，也比较难于建立起生活的乐观态度。至于正确对待异性的能力与素质，更难于从缺乏母爱的成长经历中建立起来。做父亲的要有相当的努力和智慧补救这一点，才可能使孩子克服这一缺陷。

客观地说，这类成功的父亲以及成功的儿子绝非罕见；同样，最终失败的父亲与失败的儿子也绝非罕见。

在比较个别的情况中，我们还看到，在仅有父爱关怀下成长的男孩，有可能具有同性恋的倾向。这并非骇人听闻之语。对那些像父亲一样和蔼而又成熟的年长男人易生眷恋之情，是这种同性恋倾向最表面的显露。

七

有关俄狄浦斯情结的全部理论落实到人格成因的研究上，突出地告诉我们，儿童与父母的关系是人格形成的重要因素。健全的人格形成要求健全的童年家庭环境，而不健全的童年家庭环境会造成不健全的人格。有一句格言：幸福的家庭都是相似的，不幸的家庭各有各的不幸。如若把它转译成另一个说法，大概也是成立的：

　　健全的童年家庭环境都是相似的，不健全的童年家庭环境各有各
的不健全。

第三章

俄狄浦斯情结批判：被物化的性本能

一

弗洛伊德分析了古老的俄狄浦斯神话，并从中发现了俄狄浦斯情结，对这一情结的论述是他全部学说中不可缺少的部分。按照弗洛伊德的理论，俄狄浦斯情结对于人格的形成有着重大的决定作用。

为了更充分地领会弗洛伊德发现的真理，并在此基础上明确弗洛伊德在这一课题上的局限性，我们有必要对弗洛伊德的理论做进一步考察。

弗洛伊德认为，人格结构有三个组成部分："本我"，"自我"，"超我"。这三者在意识、无意识活动机制下，在性力发展的关系中形成起来。

1. "本我"是一种原始的力量来源，是遗传下来的本能。"本我"要求满足基本的生物需求，毫无掩盖与约束，寻找直接的肉体快乐。这种要求若有迟缓人就会感到烦扰懊恼，其结果不是这种原动力消失或减弱，而是企图满足的要求更加迫切。因而在"本我"的动力下，一切困难、疼痛和挫折都要不计成本地去克服。"本我"策动的力量如受到压抑，就会改变方向而转移地方。

"本我"是个体发生史上最古老的。新生儿纯粹由生物冲动——饥、渴、暖的感受，睡眠的需要等——驱使他的活动。"本我"就是这些生物冲动。新生儿的活动没有什么社会影响可言，因为他们至少要在两个月之后才能有明显的社会知觉。弗洛伊德认为，生物需要在人的一生中持续存在，所以"本我"是人格的一个永存的部分，在人一生的精神生活中，"本我"起了最重要的作用。

2. "自我"是人格结构的表层，但也只是部分意识而已。人若在"本我"控制的社会中，危险与恐惧则是难以想象的，因为"本我"不受任何管制。幸而"本我"得到人格中"自我"的检查。"自我"是"本我"的对立面，在与环境接触过程中由"本我"发展起来。

婴儿最初只有"本我"这一部分，但婴儿不久就会对环境中的各种方面产生反应，包括社会方面。婴儿不断长大，生物冲动的影响就以各种方式受到改变。按照弗洛伊德的说法，婴儿为了满足"本我"的要求，逐渐懂得用某种方式比用其他方式能够更快更有效地得到满足。结果是婴儿会按照活动后果的经验来发展活动或抑制活动。此时婴儿的行为比之生活开始的时候，变得更少盲目性。弗洛伊德说：在环绕我们的真实外界的影响下，"本我"的一部分获得了特殊的发展，产生一个特殊的组织，作为"本我"和外界之间的中介，我们精神生活的这一部分可以命名为"自我"。

"自我"是"本我"与外界关系的调节者。"自我"要调节外界与"本我"，一面使"本我"适应外界的要求，一面用肌肉的活动使世界满足"本我"的欲望。"自我"对外界的功能是感知外界刺激，将经验消化、储存。外界刺激若过强，"自我"则避之，若适合则就之。"自我"对"本我"的功能是指挥它，决定它的各种要求是否允许其满足。这种调节是根据快乐与不快乐原则及现实原则来进行的。"本我"的要求若得到满足就产生快感，若不被满足就产生不快感，若遇到可能增加不快感的情况则产生焦虑不安。

3. "超我"。在和环境的交往中，儿童不仅发展了"自我"，而且还知道了什么是对的和什么是错的，能够对正确与错误做出辨别。这就是人格中的"超我"，与一般人所谓良心相似。弗洛伊德在人格中加入"超我"，是由于在进行精神分析时，他发现许多病人因违背良心而内疚，有一种强烈的犯罪之感。可见"超我"有许多清规戒律，强迫"自我"遵守。而这些清规戒律都是来自内心，来自"本我"及"本我"的内部冲突，而不是外部环境应急规则的驱使。

从种族发展来看，"超我"起源于原始人。动物因与环境接触，"自我"多少可以发展一些，但"超我"则是人类特有的。"超我"

的原形虽然是从遗传传给个体，但主要是由儿童期受挫折的性冲动为根据。所以它是婴儿时期的延长及性欲延迟的结果。

"超我"在较大程度上依赖父母的影响。就像弗洛伊德所说："在这冗长的儿童时期，正在长大的人依赖父母生活，留下了一个沉淀物。这个沉淀物构成了自我里面一个特殊的机关，使父母的影响能够长期存在。"儿童（尤其在幼年时期）在与父母的接触中，通过心力内投或摄取（introjection）的机制，将父母的人格及祖先的社会道德等变成为自己的东西。正是人格中的这一侧面——"超我"——表达了人的性格特点，使人按照价值观念和各自的理想行事。"超我"一旦形成，"自我"有职责同时满足本能冲动、"超我"和现实三方面的要求……"自我"要使"本我"的要求获得满足，不仅需要考虑外界环境是否允许，还要考虑"超我"是否认可。这样人的一切心理活动可以从"本我""自我"和"超我"之间的人格动力关系中得以阐明。另外，人的人格特征的来源也不能脱离性力。近代有人根据前人的研究把正统精神分析学派关于人格特征与性力的关系进行归纳，列表分析，并指出半个世纪来人们对此不断修改讨论，而且今后必然还会继续下去。（上述有关弗洛伊德人格结构理论的概括，摘引自《人格心理学》，陈仲庚、张雨新编著，辽宁人民出版社1986 年版）

这就是弗洛伊德的人格结构理论，他认为"本我""自我""超我"三个部分都同时活动和作业，一个人能够生活得顺利而有效，则必须依赖这三种力量维持平衡。一旦出现不平衡，其结果就是心理失常。

二

当我们面对各种心理现象个案或者面对自己的心理体验时都能发现，弗洛伊德关于"本我""自我""超我"三合一的人格结构模式有着相当的真理性。

这不是抽象的逻辑演绎，而是生动具体的心理事实。只要我们能够超越多少年来说得几乎陈旧而麻木的概念，透过语言文字直接进入风云变幻般生动的心理世界，就不仅能够重新发现弗洛伊德曾经做出的发现，而且可能有新的补充。

我们首先会发现，"本我"确实存在着。

它当然不是以这个简单的词汇存在着，而是以每个人的各种生物本能性的冲动表现出来。饥、渴、暖的感受，性的要求都真实不虚地存在着，一目了然的事实是，这是每个人与生俱来的本能。我们用自省的目光稍稍审视一下，就知道这些本能的需要与冲动总是作为生命的本质部分存在着。当它得以满足时，便不声不响，安安静静。稍有不满足时，就在身心内部隐隐骚动。如果受到极度压抑，它就会强烈起伏，直到理智充分意识并满足它为止。人只要活着，这些活生生的本能与冲动就存在着，我们只是把它笼统称为"本我"而已。

接着我们便发现，"自我"是存在的。

当我们用"我的眼光"去看待世界和自己时，当我们以一个有意识的个体面对世界时，当我们仔细探究和体验我们对"自我"的意识时，便能够或确切或朦胧地觉出那个"自我"的存在。这依然很难用一个词语简单代表，只是姑且用"自我"二字而已。

我们的全部思想、行为都是这个"自我"在指挥实施，我们就是用"自我"的眼睛在看世界，用"自我"的耳朵在听世界，用"自我"的思想在思想世界，用"自我"的态度在对待世界，用"自我"的所有感觉在感觉世界。"自我"既存在于我们的目光里，也存在于我们的大脑里，还存在于我们周身身体的感觉里。这个"自我"大概是人类的哲学、心理学永远难以穷尽的概念。

而且，我们也常常能够感到它和"本我"的联系。无论是饥渴，还是性的冲动，冷暖的要求，在生命中一旦涌起，就会懵懵懂懂觉出那就是"我"的要求。为了满足这些要求，"我"便会想方设法地采取行动。

进一步细细体验，那个对世界带有很大观察性质、思想性质的"自我"与饥渴性的本能冲动似乎又有分别。就好像人有时候会拍拍肚皮说："这下你吃饱了吧？"大脑和肚子似乎是两个人。和"本我"既相连又有分别的"自我"此时就在参与对俄狄浦斯情结的批判；显然，我们那些有关饥、渴、暖、性的本能冲动并不一定直接参与了这个研究。

再接着，我们便发现，"超我"确实是一个真实不虚的心理存在。

最浅显地看，每个人头脑里都有一堆关于世界的道德、伦理、秩序的规定与条文。更深入地体察，就知道我们心中潜藏着比明显的规定、条文力量大得多的自我规范。那是在做每一件事时都不由自主地影响和制约你的力量；常常在你不假思索时已经表现出来。它使得你在做某些事情时显得犹豫、矛盾、愧疚、痛苦、不安、恐惧、忧虑、焦灼、怯懦，它无时无刻不在规范着你，你的"自我"在大多数情况下可能并不自觉，却已经受到了规范。

只要认真想一下就会明白，我们在这个世界上做很多事情不是畅行无阻的，不仅在外部世界不能畅行无阻，在自身内部同样不能畅行无阻，正是这个暂且可以叫作"超我"的力量在支配着我们。

人格与心理是一个巨大而复杂的存在，人类可以从不同的角度对它做不同的结构描述，甚至把它划分成许许多多的方面。在这里，一切模式的建立在于尽可能简捷而准确地符合心理事实，并有助于研究心理运动的规律。就这个意义上讲，我们承认弗洛伊德关于人格结构的三合一理论是有道理的。

我们接着就会发现，在活生生的心理活动中，那个可以称为"自我"的力量，作为"本我"与客观世界的中介，经常与"本我"发生冲突。

"本我"是一种本能的冲动，它只有一往无前地满足自己的需求，而"自我"因为接受和概括了客观世界，它就不能够百依百顺、不打折扣地去满足"本我"的需要。它要考虑实现"本我"的种种可能性与途径。它要考虑客观世界的实际情况，从而对"本我"不加克制的要求做出种种规定与限制。每个人都会经常体验到"自我"对"本我"的各种本能冲动的克制。

我们同样会发现，"自我"作为"本我"与客观世界的中介，常常又是"本我"的唯一代表。"自我"携带着"本我"的全部冲动去想方设法地利用客观世界和战胜客观世界，在它实现"本我"要求的种种努力中，不断与面对的客观世界发生剧烈冲突。"自我"确实处在两条战线中。当它代表客观世界时，它要抑制"本我"。当它代表"本我"时，它要与客观世界作斗争。

我们接着就又发现，"自我"又处在"超我"与"本我"的中间。当它作为"本我"的唯一代表面对"超我"时，它极力要突破"超我"的禁忌与限制。一个人为了满足种种发自本能的冲动，排除可以称为"超我"的伦理道德观念的束缚，常常要在思想中经过一番冲突，只有战胜了"超我"的条条框框，才可能无所顾忌地行动。

我们自然也发现，"自我"经常代表"超我"对"本我"进行抑制。一个人会经常由显然的或潜在的道德伦理观念出发，对自己种种肆无忌惮的本能冲动实行规范。这种规范与斗争常常十分艰难，引来内心的剧烈冲突。

这样，我们大致了解了弗洛伊德所说的"本我""自我""超我"三种心理力量，它们都活生生地难解难分地存在于我们的心理活动中。对它们的划分绝非像对领土的划分那样空间分明，而是一种相互渗透、相互转化、相互统一、相互对立的血肉交织的关系。

弗洛伊德及其后的心理学家们这样叙述人格三部分在整个人类意识中的分布：

"自我"有一部分是以显意识表现出来的，更大的部分是储藏在潜意识中的。在显意识和潜意识中间，"自我"的一部分又以下意识表现出来。当一个人严肃思考时，无疑是显意识的"自我"。当一个人走路或者骑自行车时，是下意识在操作肢体。当一个人夜晚睡眠时，梦中的所见、所闻、所做、所为，是"自我"的潜意识流露。

看来，"本我"完全沉默在潜意识中了。当"自我"失去知觉时，通常觉不出"本我"的存在。当"自我"有知觉时，"本我"的全部冲动才被意识到。当"自我"不知不觉时，"本我"就以潜在的方式影响"自我"。稍加体验就会知道，"本我"虽然能被显意识意识到，然而，那显意识是"自我"的显意识，"本我"自身总是潜伏在潜意识的大海中的。

至于"超我"，似乎比较当然地分别存在于显意识和潜意识中。显意识中是抽象的理论条文，潜意识中是混混沌沌、无边无际的巨大支配力量。

三

弗洛伊德合三为一的人格结构学说自然有它的局限。

当这个学说贯穿到俄狄浦斯情结中，"本我"就主要是指婴幼儿的性欲了。在俄狄浦斯情结中，婴幼儿将母亲视为性欲本能的对象，而将父亲视为实现这一本能欲望的敌人。"超我"自然来自人类社会伦理道德等文化的规范。而婴幼儿的"自我"，无疑是在调节"本我"与"超我"关系的过程中逐步发展起来的。

正是在俄狄浦斯情结中，我们发现了弗洛伊德人格结构学说的偏颇与局限之处。其最大的缺陷与局限，是他将人的性欲本能完全生物化了。

在弗洛伊德整个学说中，我们都能看到这一倾向，他将人类社会文化的规范力与人的生物性本能以一个比较简单化的方式对立起来。性欲的本能与人类社会伦理道德观念的冲突是他剖析心理疾病和心理现象的基本思路。

需要指出的是，不仅伦理、道德等观念是完全社会化、文化化的，而且就连人的性欲这样所谓的"本能"在人类社会中也"文化化"了。从某种意义上讲，人类几乎没有绝对意义上的生物性的性欲与冲动。

性欲以性冲动的方式表现出来，似乎是纯生理现象，而对人类来讲，它同时又是心理现象，实际上又是文化现象。每个成熟的男人和女人只要稍想一下就会明白，纯生理的、纯生物的性欲是很难寻到的。

弗洛伊德在理论上的最大缺陷，就是他从来没有认识到，自从劳动创造了人类，人类的本质就是实践，它是一种在实践中创造世界又创造自己的高级生命，它的全部活动都表现出了实践性，都表现出了不断解决矛盾、战胜客体、征服世界的主要旋律。这个旋律支配了人类的一切社会生活领域，就连性也成为人类社会的一个特殊实践领域，它同人类的其他社会实践一样，也带有了人类在实践中必然表现出的解决矛盾、战胜客体、征服世界的基本旋律。

动物也有性行为，性的争夺，性的占有；在动物群中，对性也有超出生理需要的"观念性""权力性"的占有与绝对排他的雄性嫉妒。然而，人类自从有了生产劳动实践及其基础上产生的整个社会文化实践，性就成为人类一个特别重要的实践领域。性同样打上了人类实践的全部文化特征，所谓单纯的生理的性本能完全被文化所渗透与塑造了。

1. 对于人类来讲，性首先是为着解决人口的再生产。

人口再生产是人类整个劳动生产的重要组成部分，是整个人类生产的重要组成部分。不管现代人的性活动多么偏离原始意义上的劳动力再生产的概念，多么远离传统传宗接代的概念，人们的潜在意识仍无可避免地存在着人口再生产的概念。

在现代社会中，当那些生育了子女的男女评价那些决定终生不育的男女时，他们会非常简单地说一句："如果大家都不生育，人类就灭绝了。"这个评价，已经表明了人类人口再生产的基本生存观念。这是人类生存的需要。这是现代人也不能够完全抹掉的深层观念。这种观念也在塑造我们的性欲本能。

远古人类面对直接的人口再生产需要而产生了生殖器崇拜文化，现代人似乎早已远离了这种文化，本质上却依然渗透其中。当人们看到那些高高耸立的塔寺和纪念碑等雄伟建筑时，那种油然而生的崇敬感、豪迈感、庄严感、神圣感，都再版了远古人类的生殖器崇拜。

实际上，现代人也有各种变相的生殖器崇拜。很多准备生育或者已经生育的男女决定采取生殖行为的精神基础之一，就是为了显示自己的生殖能力。用很多人的话讲，只有生育才能证明自己是个完整的人。这种精神的需要与满足，是人类人口再生产需要基础上产生的生殖器崇拜的现代版本。这种观念常常影响着性欲的冲动。因为想到性生活将导致生育，既可能刺激性欲，也可能抑制性欲。

2. 人类在相当多的性欲实现过程中，不仅满足生理的需要，同时还满足心理的需要，其中一类，就是很多人在性生活过程中有一种证明自己性功能完备的冲动得以实现。这是文明社会的人们都能够自审而承认的。现代人证明自己的性能力健全甚至出色，是深深附着在满足生理性冲动需要的全部性实践中的。

在这里，我们就看到了人类的性实践与人类其他实践的相通之处。这不仅是纯生理的需要，还有真正意义上的文化需要、心理需要。这种文化的、心理的需要也在铸造着性欲，铸造着冲动。当一个人为着证明自己的性能力而增强了（或者削弱了）性欲本能时，我们不得不说，他的性欲本能确实绝非纯生物性的。

3. 人类的性实践与动物的纯生理的性行为的又一个不同是，它始终贯穿各种情感的心理需要。

各种性交往、性生活都不仅仅是为了满足生理的性冲动，而是为了寻求心理的相互爱抚。而异性之间心理的交流与相互慰藉，又常常直接制造着性欲。在这里，纯生物的本能与社会文化、心理完全纠缠在一起。

任何纯生物性的、生理性的性欲都会以精神、情感的相互交流与慰藉表现出来，而情感、精神的相互交流与慰藉又在制造和发展着看来纯粹的生物性的、生理性的性欲。在这里，很难看到纯粹的生物性的性欲。

4. 在现实生活中，我们还可以看到性嫉妒常常是刺激或抑制性欲的一种重要心理因素。

动物群中雄性间相互的争夺，无论是公牛的牴角拼搏，还是公鸡的相互争斗，都表明它们也存在着性嫉妒。然而，人类的性嫉妒比动物深刻得多，有力得多，广泛得多，它与人类的文化相关。每个人都因为社会文化的原因极大地扩展了自己性嫉妒的半径，种种社会文化原因造成的性嫉妒常常直接产生性欲及冲动。

在很多文学化的生活情节中，性欲常常直接由性嫉妒的刺激而生，有的男人因为看到已被自己厌倦的女人又被另一个杰出的男人爱上了，立刻对这个女人生出新的爱意。当这种爱情同时伴随着可以称之为性欲本能的强烈冲动时，我们会宽容地看着他的侧影，露出一丝讽刺的微笑。

5. 在现代社会中，甚至可以说自古以来，性实践不仅局限在发生性交往的双方身上，而且面对整个社会文化。

很多人的性征服远不是为了满足单纯的性欲需要，而是为了满足一种占有感、成就感、地位感、力量感、自尊感，或通称虚荣感。在对异性的征服中，单纯的性欲本能不是唯一动力，更主要的是人类社会文化的观念在形成动力，包括在形成性欲本身。

在这里，并不需要每个人都是伟大的文学家、心理学家，只要能稍微自省一下的人都能发现这一点。多少爱情的冲动，包括其相随的性欲冲动，都是在对占有感、成就感、地位感、力量感、权力感的追求中被刺激起来的。无论男人还是女人，他（她）对异性征服的过程中，强烈的性欲常常不是征服的冲动原因，对方的社会地位、文化程度等真正给自己带来征服的成就感，证明着自己的力量，完全以非生理的原因制造着看来似乎是纯生理的性欲及冲动。

6. 人类的性欲及冲动常常还有一个明确的倾向，那就是对性新鲜感的追求。这又是纯生理的性欲本能所不能解释的。

在生活中，无论一个人是广泛恋爱，还是严守道德规范"从一而终"，对性的好奇、对性新鲜感的向往是人人具有的本质。如果置道德规范于不顾，"喜新厌旧"其实是人类在爱情生活中普遍的倾向。

每个人都对自己已经得到的性对象之外的性对象有着不可遏制的神往，这种神往绝非一般的、纯生理的性冲动，也不是上述几种心理需要，而是夹杂着很大成分的对性新奇感的追求。当这种追求与神往突破道德伦理的规范变为实际的性行为时，我们常常看到，犯规的男人或女人之所以这样做，并不在于新的异性比自己已得到的异性更美好，只是由于这里含着对性的新奇感的追求。

当然，人类社会也对种种婚外的犯规行为做出道德伦理的批判与限制。我们在心理学意义上所要指出的是，对于性新奇感的追求是这种犯规行为的心理原因之一。

人类是实践的高级生命，他在一切领域都表现着追求未知，都在不断地解决着未知与已知的矛盾，都有追求新奇的冲动。这种旋律渗透着人类的全部活动，自然而然渗透到了人类的性活动中。当我们说这种完全社会文化性质的好奇心理制造了人类各种性的欲望与冲动时，绝非在伦理道德上为这样或那样的"喜新厌旧"做一丝一毫的辩护，我们只是说，在这里又是社会文化的因素在制造着人的性欲本能及冲动。

7. 在人类的性爱活动中，我们还可以看到一个非常有趣的现象，那就是对越难得到的爱情与异性越有强烈的欲望与冲动，而对越容易得到的爱情与异性越缺乏性欲与冲动。

这是一个被小说家写得不能再滥的爱情规律了。追逐自己所爱的人历经曲折，常常使欲望如火如荼；而顺手牵羊轻易得到的爱情，却使欲望淡然如水。在这里，性欲本能再次以人类特有的方式表现出来。

人类是实践的动物，他做任何一件事情，解决矛盾、战胜客体、征服世界的基本旋律都起着支配作用。性实践领域也同样。无论人们如何歌颂爱情的纯洁与崇高，我们都要说，数百万年来，在实践中生存发展的人类，确实也将性与爱情不自觉地当成了自己实践的特殊领域。在这个领域同样有着解决难题、争取胜利的冲动，这是一个不可遏制的冲动。

那些遵循道德规范的人，那些将爱情视为高尚情感的人，也会不自觉地受到这个基本旋律的支配。即使在这份感情中似乎没有任何对占有感、地位感、力量感等虚荣的追求，同样会被自己能否解决这个难题的悬念所支配。他在性实践中，比如谈恋爱、找对象、取得异性爱抚等方面的任何成功与失败，都将极大地影响他的情绪。

如果他在自己的性实践中解决了矛盾，取得了进展，他会感到喜悦，建立自信，产生胜利的快感。如果受到挫折，这个挫折即使是他独自承担的，无人知晓的，不涉及任何虚荣的，也会使他在精神上受到极大打击。就好像一个儿童没有能够独自玩好一个复杂的玩具一样，他会焦灼，会急躁，也许会继续努力，也许会灰心丧气。

人类不自觉地将爱情也当作一种劳动，一种进取，一种对难题的解答，一种对项目的征服。不管是怎样的弱者，就其本质而言，都渴望性实践的成功。每个人都羡慕那些爱情上的英雄。古来神话有多少爱情故事，那些故事都在表现爱情实践上的"英雄人物"。正是爱情故事中那种解决矛盾、与客体搏斗、战胜客体、征服世界的旋律，也从生命的最深处激励着人类的所有成员。

一个人性欲的强弱，常常不是由生理状态而来，而是由征服爱情这个课题的冲动而来。

8. 人类既然不自觉地将性实践当成一个特殊的实践领域，人类既然在这特殊的领域中同样受到解决矛盾、战胜客体、征服世界的基本旋律的支配，就会非常透彻地表现出与其他实践一样无限扩张、进取的趋势，他会渴望战胜各种难题，突破各种界限。

而在现实生活中，最大的难题和界限则是由那些法律、道德、伦理、舆论所构成的规范。这些规范一方面成为性实践、性活动的巨大限制，另一方面又成为性活动、性实践最有力的刺激。

人类的实践有一种基本的驱动力，渴望解决矛盾，特别渴望解决那些有难度的矛盾。这样，一方面是巨大的规范力的存在，似乎大多数人在遵守规范，有些人在行为中又似乎绝对规范；另一方面，就深层潜意识而言，几乎所有的人都有突破规范的冲动。

只要对人类社会生活略做考察就可以发现，几乎所有超越道德伦理规范的非正当的性活动都对那些实践者有着某种特殊的刺激。

这样，我们就非常文学化地、心理学化地看到了人们虽然不愿意公然承认却可以心领神会的两个简单的格言：

婚姻可能导致爱情的死亡。

犯规可能引发激情。

当一些人突破道德伦理乃至法律的规范而得到性爱的刺激、性欲的冲动时，我们一方面或许会警告他们，偷吃禁果是要受惩罚的；另一方面我们也不得不从文化学的意义上指出，这种突破规范的渴望与其制造出来的性欲冲动其实不过是人类在整个实践中渴望解决矛盾、突破客体约束的基本旋律的变奏。

我们会想到上帝在伊甸园对亚当和夏娃的处罚。

9. 在规范体系的规范下，人类的性实践才保持着合理的界限。在这里，最严峻、最有力的规范是人类社会对乱伦的禁忌。这个禁忌自古以来都极为严酷，因为它所压抑的冲动也可能是最强烈的，这在对俄狄浦斯情结的分析中我们多少已经看到。

虽然在全世界范围内性关系的非规范化已经成为较普遍的现象，突破婚姻家庭制度的婚外性行为在相当多的国家和地区已经得到舆论的宽容，有关婚姻家庭的法律的、道德伦理的约束在不同的国家都显出不同程度的脆弱性，然而对乱伦的禁忌至今在绝大多数民族中仍然有着非常的严厉性。

在这里，人类的文化规范体系显出了它的完整性、成熟性。规范已经沉淀为人类社会一代又一代成员的心理模式；几乎没有人在口头上明确讲述这些禁忌，但人们都在遵守着相应的规范。一代又一代父母都在自然而然地将遵守规范的基本法则传递给子女。所有的父母都明白，他们与子女的关系应该是什么样子。所有的婴幼儿在成长中也都通过学习明白了，他们和父母的关系应该是什么样子；当他们长大成人成为父母之后，和子女的关系又该是什么样子。

人类成熟的道德伦理规范体系，将一切明明白白地安排妥当。

人类的绝大部分成员严格遵守着规范；然而，突破禁忌的冲动在内心深处不会不存在。正像俄狄浦斯情结所揭示的那样，这是一个影响每个人人格成长的重要冲突。这时，潜意识便会以隐蔽的方式来解决矛盾。于是乎，在大体看来正常的伦理秩序下，也存在一些非常态的暗流。

在美好的亲情下面，也存在儿子的恋母情结，女儿的恋父情结，也有母亲的恋子情结与父亲的恋女情结。人们对于乱伦的谴责是严厉的，乱伦的行为一般是没有的；然而潜在的性欲却通过这些情结表现了出来。在少数畸形的家庭中，它表现得十分过分，从而造成某些畸形人格。

我们终于描绘了一幅完整的图画。

我们可以明确地说，纯粹生物性的性欲本能在人类社会是不存在的。纯粹生物性的"本我"是不存在的。

四

理论的探究一方面使我们更充分地理解了弗洛伊德发现俄狄浦斯情结的伟大，另一方面，我们看清楚了弗洛伊德有关俄狄浦斯情结和人格结构理论的最主要局限，由此，我们就能够从实践的人类的角度更正确地对待弗洛伊德的俄狄浦斯情结论，就可能从比弗洛伊德更广阔透彻的社会文化的观点来考察人格与情结。

不存在脱离社会文化的纯粹生物性的人。人的"超我""自我"带有十足的文化性质；人的"本我"也都被社会文化渗透与塑造。

带着这个透彻的观点，我们就可能以更加犀利的目光从童话故事中发现有关人格的更多奥秘。

第四章

破译《西游记》：平凡人的英雄梦

一

　　《西游记》的作者是中国明朝的吴承恩，历史不能说十分远古。故事明显受到西土佛教文化的影响。然而，我们可以说，它是真正的中华民族的神话故事。故事惊险曲折，想象离奇，是中国最伟大的神话小说。几百年来，它被全民族一代又一代的男女老少所喜爱，在可以预见的未来，它还会以其特殊的魅力几百年、几千年地流传下去。

　　对这个神话故事的解析，将对我们透视人类精神世界、研究人格心理学有着极为重要的作用。

　　《西游记》中描写了一个从石头中诞生的仙猴，在大闹天宫之后，曾受到严厉惩罚，后又接受了佛祖的安排，走上去西天取经的道路。在漫漫的取经之路上历尽千难万险，战胜群妖恶魔，终于护送唐僧到达西天，完成取经的使命，自己也由此修成了正果。

故事自始至终充满了孙悟空的英雄主义，表现了人与客观环境斗争的实践性，表现了人在实践中不断解决矛盾、战胜客体、征服世界的努力。

仅从表面意义来看，故事提供了一种在幻想的境界中解决幻想的矛盾的旋律。或许仅仅以这个表面的故事，就可以使我们找到它广泛流传、长久不衰的魅力。

然而，同人类所有的神话故事一样，《西游记》之所以有力量，绝对不在于其表面的故事。一个神话，当它用幻想的方式叙述一个幻想的解决矛盾的过程时，并不一定真正打动人。以幻想的方式解决的矛盾必须是真实的、现实的矛盾。那么，我们必须探究的是这部作品解决了潜藏在人们心中什么样的矛盾。

孙悟空历经千难万险，战胜群妖恶魔取经成功，含有怎样更深刻的象征意义呢？

最初的一种分析，孙悟空大闹天宫，与玉皇大帝、佛祖如来、神仙世界的对抗，表明了平民阶层对王权、神权的叛逆精神。他走上取经的道路，修得正果，又表明了不得不接受王权和神权的统治，最终被招安的结局。这是中国封建社会政治结构、文化结构的艺术反映。

这种象征在这部小说中无疑是存在的。由此我们还联想到中国另一部古典文学名著《水浒传》，一群绿林好汉与朝廷对抗，集结在梁山泊造反，最后却令人遗憾地被朝廷招安。《水浒传》以现实的故事表现，《西游记》以神话故事表现，同样的政治逻辑，体现了同样的社会现实。

然而，《西游记》持久而深刻的影响力，那种在不同年龄段的读者中引起的深刻情感触动，其余音袅袅的笼罩性，注定有着更深刻的象征。

根据对中国文化的研究，我们发现《西游记》中还潜藏着一个象征，是作者吴承恩比较自觉地隐含在作品中的，我们可以将孙悟空取经的过程看成佛教修炼的过程。

在这个修炼过程中，所谓佛，正是佛教意义上的佛。所谓魔，正是佛教修炼中所讲到的魔境，是一个人必须战胜的幻象。这个幻象无论来自客观世界的刺激，还是直接产生于内心，都是修炼者必须战胜的干扰。

书中的主要人物孙悟空、唐僧、猪八戒、沙和尚甚至白龙马，都在比喻一个修炼者。唐僧象征修炼者的本心；孙悟空象征元神；猪八戒象征欲望；沙和尚象征躯体。战胜一个个妖魔的过程，就是在修炼中战胜各种魔相、魔境的过程。

到西天取来的经书，有"无字经"和"有字经"两种。"无字经"不过隐喻着禅宗所说的"佛祖西来无一字"，体现着禅宗所说的"言语道断"。所谓"有字经"，是各种各样可以诵读的佛经。

《西游记》中五花八门的变化神通，都可以从佛教修炼的神通中找到对应的说法。《西游记》中被夸张与神化的高强本领，都是佛教修炼中的神秘功能。

有充分的证据表明，吴承恩在这样一个战胜千难万险的曲折故事下面，隐藏着其自觉设置的修炼的象征。作者的整个叙述过程到处表现出他对佛家修炼的知识和见地，表现出他的许多专业性经验和领悟，其象征的含义对读者有着内在的深刻影响，使人在不知不觉中接受一种暗示。

然而，它还有更深刻并具有更普遍意义的象征未被发现。它必定是解决了人生一些带有普遍意义的重大矛盾，才能够引起人们在潜意识深处的内在共鸣与震动。人们都能在自己生命的深处，体会到一种不可抗拒的情绪感染。

在阅读《西游记》的过程中，每个人都会感到潜在情绪和潜在目的的实现。可以说，《西游记》让众多的人做了一个伟大的梦。这个梦不仅是其表面故事所提供的一般性英雄主义；不仅是人类一般意义上对封建神权、王权的抗争与归顺；也不仅仅是佛家气功修炼、佛教宗教修炼的象征。

在这三层意义的下面，还有更加具体也更加深刻、普遍的象征含在其中。

二

这样，就将进入我们对《西游记》的发现。

孙悟空最初来自一块仰承天地山川灵气的石头，这块石头在天地之气交合时破裂开来，跳出一个赤身裸体的仙猴。这个猴子的诞生其实隐含着人类起源的概念，或者说隐含着生命起源的概念：动物的生命，其最根本的来源在于天地之间。

这个顽皮的小仙猴不久就走上了求师学道之路。书中描述了他如何学穿人衣，学走人步，如何学习本领。这个过程不过是人类从赤身裸体的原始状态走向文明的缩影，也表明一个人从赤身裸体的婴儿起，如何穿上衣服，如何开始咿咿呀呀学习人类语言、掌握知识的过程。

作者在其编造的神话中，不由自主地、象征地道出了人类的起源，一个人的成长；人类从婴儿到童年的最初阶段，一个人从婴儿到童年的最初阶段。

正是从这第一步开始，作者不自觉地开始象征地描述人类的命运，一个人的命运。他自以为在写一个练功修佛的故事，但在实际上，他已经被人类、被人的生命的故事与逻辑所捕获。

孙悟空学会人言人语、穿衣打扮，并学会了一定的生存能力之后，有一段在花果山无忧无虑的生活。在这段生活中，他领导群猴建立猴的乐园，一会儿袭击人国，一会儿翻腾龙宫，一会儿直捣地狱，直到后来大闹天宫。

这段故事不过象征地描述了人的儿童时期。

这是一个无法无天的时期，一个无视世界秩序的时期，一个充满造反精神、任意玩闹的时期，是儿童无拘无束、自由自在的游戏时期。

无论是儿童还是成年人，都能够感受到这段故事酣畅淋漓的痛快感。儿童会有一种发自本心的神往与共鸣，成年人则透过这段故事重新感受了自己的童年。

对于儿童，就是那种无法无天的游戏要求与已经受到的秩序规范之矛盾。这个矛盾在这段故事中被幻想着解决了。

成年人则更加深刻地面对这个矛盾。他不仅回忆起儿童游戏状态与自小就受到的规范之间的矛盾，而且更感受到这种矛盾在成年阶段的强烈化，感受到秩序更加严酷的压迫。

因此，这段故事对成年人的影响更为深刻，它通过幻想解决了一个潜藏在人们心中的矛盾冲突。

孙悟空无法无天的行为惊动了天宫，并与天宫这个秩序的象征发生冲突。天宫做出的第一个应急反应是，封孙悟空为弼马温。这个招安最终破产，天宫又派天兵天将前往花果山镇压。武装镇压被孙悟空惊人的才能所击败，天宫不得不又一次接受孙悟空的条件，承认他自封的"齐天大圣"。

这段故事非常贴切地象征了家庭和社会对儿童无拘无束自由状态的最初规范。这种规范包含着哄骗与安抚，也包含着一定的严厉和打骂。

我们从中非常生动地看到了人在儿童时期的遭遇。

孙悟空对于天宫最初发出的武装围剿的勇敢反抗，以及对于安抚的幼稚可爱的上当接受，特别形象地反映出古往今来的家庭都能普遍看到的父母对孩子的软硬兼施的哄劝与训斥相结合的教育过程。

这一时期，天宫对孙悟空（或者说秩序对儿童）的态度还是慈严兼备，以慈为主的。

可惜的是，孙悟空最终未能够在这种软中带硬的安抚中安守本分。他的儿童天性，无拘无束的活力，终于在不可饶恕的范围内突破了秩序规范。他把蟠桃大会这一神圣的活动搅得乱七八糟，不成体统。

闯下弥天大祸的孙悟空在惊骇之余逃之夭夭，然而，破坏的严重性使天宫忍无可忍，镇压开始了。

接下来是孙悟空与秩序世界的大规模对抗，这就是大闹天宫。是天兵天将大规模地围剿花果山。是孙悟空被放到八卦炉中煅烧。是他从八卦炉中奇迹般地逃生之后，更加疯狂地、肆无忌惮地对抗天兵天将。

就在他的破坏性行为势如破竹、似乎无敌于天下的时候，佛祖出现了。

佛法无边——在和佛祖的对抗中，孙悟空失败了。他被镇服在佛祖巨手化作的五行山下。

一个特别重要的象征出现了。

西天佛祖在这里是典型的父亲的象征。这种象征绝没有一丝一毫牵强附会之处，它在《西游记》的结构中是一个带有核心意义的因素。

在《西游记》中，写到佛祖在孙悟空面前的一次次出现，包括这最初的出现，所有的叙述、作者的语调以及读者阅读的情绪，都非常复杂、细微、准确地描绘出了这个世界父亲与儿子的关系、父亲对待儿子的复杂态度以及儿子对待父亲的复杂态度。

父亲对儿子是威严的、俯瞰的、沉稳的、含威不露的。当他的孩子大闹天宫把世界搅得一团糟的时候，他的出现又含有一个父亲对于被破坏的整个环境的歉意。

在管教孙悟空的时候，他的表情、他的语调、他的态度完全是父亲式的。他并不是怒火万丈，也并非完全不顾及父子之情；然而，他又是绝对威严的——当他晓之以理仍不能够说服儿子时，也有足够的力量将其压服。

在这里，孙悟空对如来佛的态度也是儿童对父亲态度的典型。孙悟空试图向如来佛挑战，以为可以向他挑战。然而，这只是一个儿童异想天开的幻想。在孙悟空的挑战中露出了儿童的天性：幼稚，天真，想当然，对父亲既敬畏又不服气。

当父亲伸出手掌说：你能跳出我的手掌吗？父亲的手掌是父亲权威、能力的象征。孙悟空这个自以为法力无边的小儿子便一个筋斗翻出去十万八千里，以为跳出了如来佛的手掌。

当他得意扬扬地在如来佛手指化成的通天大柱下撒下一泡尿时，不过是儿子对父亲挑战的典型象征：用儿童的性炫耀对父亲的统治做了幻想的挑战。

这个挑战理所当然地失败了。

当孙悟空面对失败还在喋喋不休地争辩时，父亲认为对儿子的讲理已经到了极限。面对整个秩序世界对儿子的不满，如来佛温和地也是威严地、不可抗拒地对儿子实行了压服。他将大手一推，把孙悟空推到云天之下，再将大手化为五行山，将儿子镇服在那里。

如来佛的大手体现了父亲的全部统治。任何一个读者都能够感受到那种父亲的威严，虽然不一定是自觉的感受。

许多读者对如来佛的态度，如同儿子对父亲的态度一样，是不服气的，但又是不得不服气的；是想要抗拒的，但又是难以抗拒的；是有仇恨的，但又是不敢自觉表达的。因为父亲是道德的象征，是秩序的象征，是人类世界的象征，是所有文化的象征。

父亲是儿子自由意志的最大对立面，最大的障碍。对这个统治不可猥亵，不可公开表示敌意，甚至内心都不敢正视这个敌意——也许大多数读者尚不能够真正审视阅读这段故事时内心产生的对佛祖的敌意，但这种敌意已非常深刻地潜藏在读者心中。

读者不会公开谩骂佛祖，他们只是怀着非常复杂的心理，不得不接受了孙悟空被压在五行山下的结果。

这段故事中，孙悟空与佛祖的对抗极为深刻、形象地讲述了一个儿子和父亲的故事。这是作者不自觉的，也是读者不自觉的。读者每读至此都会感受到这里的情绪起伏，感受到那种与佛祖象征的父亲对抗一下的冲动，感受到与佛祖象征的父亲讲一讲理、争论天下的冲动，感受到撒一泡尿在佛祖手中，进行一次生殖器挑战的快感，感受到父亲手掌的巨大和威严。

父亲并没有从肉体上消灭儿子。他只是不容申辩地把儿子压服在五行山下。压服是管教的一种手段，父亲最终希望迫使儿子接受社会秩序，走上秩序化的道路，也许在这时，他已经潜在地安排了未来让儿子取经的道路。

这些象征是非常典型的，是父与子关系的真实写照。

这段文字深刻触及了一个人作为儿子的人生体验，每一位读者都能在阅读中体会到自己的复杂感情变化，从中看到自己和父亲的对抗过程，同时也会在故事中找到一点解决矛盾的努力和尝试。

当孙悟空被压在佛祖手掌化作的五行山下时，作为寻找东土取经人的使者，观音菩萨出现了。

这时，站在孙悟空面前的是一个母亲的形象。我们可以大胆而又坚定地论断：观音菩萨在《西游记》中是典型的母亲象征。即当孩子受到父亲"正确的"、严厉的管教和压服时，母亲常常像观音这样扮演着合适的角色。

她是维护父亲权威的，是贯彻父亲意旨的，同时又是怜惜儿子的。她的目的就是将儿子引上父亲规定的道路。

一方面，对于儿子所受的责罚，作为母亲，她知道这是维护父亲权威所必要的，是维护秩序世界所必要的，也是儿子未来人生所必要的；另一方面，在不破坏父亲权威的前提下，在坚定不移地引导儿子走上正确人生道路的前提下，她又流露出了难以掩饰的温情。

无论是儿童还是成年人（主要是男性），在读到这段文字时，都有一种发自内心的对观音的亲切，那是深入深层心理的强烈而温暖的感觉。

任何一个孩子都能感受到面临父亲的严厉压制无可奈何时，寻求母亲保护时那种期盼、依靠与求助的情感，都能从中找到儿子在如此情境下对母亲的依恋。

俄狄浦斯情结在这里以极为艺术的、中国化的方式表现了出来。

至高无上的父亲的形象及象征，善解人意的母亲的形象及象征，他们和孙悟空的关系，形成了孙悟空由儿童走向人生探索之路的最初结构。

孙悟空终于在父亲的压服和强制性规范下，同时也在母亲的抚慰与劝说下，被迫又似乎是心甘情愿、欢天喜地地接受了去西天取经的安排。

在这里，儿童的心态被象征得非常真切。

从本质上讲，去西天取经确实是在如来佛的压迫下不得不采取的行动，但当孙悟空有了充分的教训后重新获得自由，并决定接受秩序的规范去进行人生的奋斗时，居然产生了一种快乐感。这是儿童离开无法无天的无约束时期，开始走上人生探索道路的那种矛盾而又真实的心态。

往下，我们意味深长地看到了孙悟空与猪八戒、沙和尚共同护卫师父唐僧去西天取经的故事。同样意味深长的是，一匹白龙马伴随着他们出现了。

让我们进行更深一步的分析。

虽然去西天取经是唐僧、孙悟空、猪八戒、沙和尚、白龙马五个人物的结构，然而，这五位一体的结构，是儿子走上秩序世界的奋斗道路时一个完整的人格象征。这五位一体是花果山时期、大闹天宫时期的孙悟空的发展，这五个人物其实是一个人物，依然只是孙悟空一个人。

在这个取经的团体中，唐僧象征着一个人的自我道德规范。这是一个与情欲、智慧、能力无关的独立存在。

猪八戒，不过注释了中国古已有之的"食色，性也"。在取经的过程中，猪八戒成为食欲和性欲两大表现的象征：一是要吃，二是向往异性。猪八戒的出现，一方面使人感到是蠢笨的，因为食欲、性欲总在生活中显出蠢笨来；另一方面他又显得憨厚可爱，这又表明人类对待自己的食色本性并不排斥。

　　孙悟空是自我的象征，特别代表着一个人的主动性、创造性、智慧与能力，与弗洛伊德所讲的"自我"有可类比之处。

　　沙和尚是这个团体中担行李的角色，象征着一个人的体力和身躯。沙和尚在团体中还起着调解关系的作用。他经常调解唐僧与孙悟空（即道德规范与自我意识及创造力）之间的矛盾；经常调解孙悟空与猪八戒（即自我创造力与食色本性）的矛盾；也经常调解唐僧与猪八戒（即道德规范与食色本性）之间的矛盾。

　　白龙马的象征意义是显然的，它是孙悟空的伴侣。人类在幼年时以动物为伴侣，以真实的动物和玩具的动物为游戏伙伴。

　　这样，我们看到了这五位一体构成的新的孙悟空。在取经的过程中，这五位一体的相互关系，体现了孙悟空这个如来佛的儿子在人生奋斗中内在性格深处的矛盾冲突。

　　这里，我们对另一个重要因素进行象征分析，那就是孙悟空使用的金箍棒。

　　这是男性生命力的象征，是其生殖器的象征。所谓如意棒可大可小，正好和男性生殖器萎缩勃起、如意变化相似。至于金箍棒在取经过程中常常直捣各种洞穴，尤其从另一角度象征了生殖器的运用特征。

　　金箍棒以其可以随身携带、藏于耳中的特征，更加确切地象征了它是孙悟空身体须臾不离的一部分。

　　为了到西天取经，孙悟空及其整个人格团体出发了。

他所依靠的背景，西天佛祖象征着父亲，观音菩萨象征着母亲。去西天取经即是去父亲那里取经——不过象征着以父亲的成功、以父亲在秩序世界中的地位作为人生的目标，以父亲为模仿的榜样。天宫、龙宫、地狱、神仙界，不过表明秩序世界的不同层次。

在漫漫的取经路上，要直接面对和战胜的各种妖魔鬼怪，象征的意味就更明白了，那是在人生奋斗中需要战胜的各种矛盾：既是主体与客观世界的矛盾，也是主体内在的矛盾。

在这里，外在的妖魔与内心的魔相无时不在，只有战胜它们，才能够修成正果。

虽然儿子已经正式接受父母所规定的人生道路，然而，他依然可能随时偏离这条道路。这时，戴在头上的金箍以及能够控制它的紧箍咒出现了。这即是父母在儿子身上留下的控制权。它是通过唐僧即自我道德规范而起作用的。

紧箍咒非常典型地象征了自我道德规范如何传递了父亲所代表的秩序世界的约束力。当儿子稍有偏离正确人生道路的倾向时，紧箍咒就发生作用。

它的作用是通过典型的咒语实现的，充分表明所有的约束其实都是语言的。

在取经过程中，我们看到孙悟空跟整个客观环境斗智斗勇，充分运用自己的生命力，运用自己的金箍棒。战胜群妖恶魔的过程，象征地体现了一个人在人生中战胜千难万险的跋涉。

对内，他要不断和猪八戒所象征的食色本性斗争；还要与唐僧象征的压迫自己的道德规范斗争。

在和食色本性的代表猪八戒斗争时，可以表现出某种调侃，某种挪揄，某种轻松，某种智慧，就好像人在与自己的欲望交流时，在调整自己的欲望时对欲望的真实态度。人是经常用挪揄、调侃的态度来嘲弄和抑制欲望的。

在和唐僧即自我道德规范斗争时，手法是多种多样的。最常见的手法是说服，是哄劝。孙悟空不断地扮演一个说服、哄劝唐僧的角色。这不过反映了人在自我行为与道德约束发生冲突时，经常要劝说自己、说服自己，使自我道德规范能够通过。

然而，解决矛盾的方式常常不是说服了道德规范，反而表现为不得不接受道德规范的约束。紧箍咒一念就灵，接受规范的过程十分痛苦。孙悟空与唐僧的冲突常常是激烈的。

当孙悟空被唐僧赶回花果山并开除他的徒籍时，我们看到了孙悟空的痛苦和委屈。不少儿童每读至此都忍不住流下眼泪。

然而，离开了取经的道路，回到了昔日自由玩耍的花果山，没有了道德的自我规范，不再追求自我人格的完美与进取，孙悟空一方面很快乐，一方面又深深地不安。及至猪八戒前来召唤孙悟空解救危难中的唐僧时，他虽然故作矜持，似乎并不在意，内心却无法排遣对师父的强烈牵挂。这里，回归之心是主流。

这充分象征着一个人一旦踏上了接受秩序、争取人生进取的道路之后，他就在一种强烈的旋律中不能自拔。不管儿童时代的自由多么诱人，任何现实的人都离不开人生功利主义的追求，离不开在秩序的道路上追求成功、追求道德完善的进取。

于是，孙悟空只能在一次又一次离开自我道德规范的大小片段结束后，毅然决然地返回取经的道路上。

孙悟空的奋斗精神不仅鼓舞人们，同时也启发人们解决人生中可能遇到的这样或那样的问题。

那就是解决和客体的矛盾，同时解决自身内心冲突的矛盾。

在取经道路上的许多关键时刻，孙悟空每每受到观音菩萨的关照，这即是儿子在人生进取的道路中经常会受到的母亲的关照。

观音在照看孙悟空取经的过程中，淋漓尽致地、极为准确地表现出一个母亲的形象：母亲对儿子宽容而又内在地爱护。

我们也经常看到孙悟空以顽皮的言语对观音菩萨进行调笑，不过表明儿子可以适当地调笑和亲昵母亲，再一次传达出儿子在母亲身上的深刻情结。

然而，在取经途中最困难的时刻，孙悟空依靠的却是父亲的力量。

一度真假美猴王曾难解难分，这种难解难分意味着孙悟空有时会迷失，难以找到真我，难以真正地证明自己，在这个时刻要依靠父亲的力量。

这象征着遇到人生最大危难时，解救者只能是严厉而慈祥的父亲。

如来佛是典型的父亲形象，这是始终如一地贯彻在《西游记》这个神话中的。

在取经的人生道路中，在整个奋斗的过程中，我们看到，儿子与社会秩序的关系逐渐发生了变化。

在儿童时代，他无视秩序，反抗秩序，破坏秩序，现在，他开始依靠秩序的援助，依靠天宫神仙界构成的秩序力量。

由此我们看到一个非常有趣的逻辑，孙悟空的童年是个特别顽皮捣蛋、具有破坏力的孩子，当他一旦接受秩序时，大家（神仙界）都对他又怕又喜欢。而他成长起来之后，还保持一种对秩序的调侃，以维护接受秩序招安后的自尊。

这在实际上非常深刻地解决了一个人在人生中存在的矛盾，即从儿童时期就向往无拘无束，希望否认一切秩序，然而，最终又不得不接受秩序的约束。一方面，在现实中有着无拘无束的要求，另一方面，又不得不经常地借助秩序的力量。这是内心的深刻冲突，这种矛盾常常折磨着人的自尊。

那么，既接受秩序的帮助，又调侃了秩序，《西游记》用这种方式解决了矛盾，使读者在心理上得到一种满足。

我们还看到，众多妖魔来自天宫及神佛界中思凡下界的人或动物。

这些妖魔其实是秩序的叛逆者，与儿童时期的孙悟空在本质上是一样的，但却成为孙悟空归顺秩序后的敌人。因为他们阻挡他的前进，因为他们还在诱惑他的意志，因此便成为孙悟空需要战胜的对象。

孙悟空在战胜群妖恶魔的取经路上，不断借用神仙界的各种法宝，这非常巧妙地象征了在人生搏斗中要不断地吸收社会的各种技术成果。

法宝是人类技术的一个象征。中国的神话故事中，各种各样的法宝是人类征服自然界的幻想物。

我们还看到，在取经的路上，不断地出现各种女妖。

她们首先征服猪八戒，即是对性欲本能的刺激和勾引，引起的反应是屡试不爽的。人的欲望在诱惑面前总是那样生动、直接而不可克制。

这些诱惑最终要攻破的堡垒，是唐僧所象征的自我道德规范。

在这里，一个人的人格结构显示得特别分明。

孙悟空所象征的自我，就要通过自己的顽强努力，斗智斗勇，既抑制猪八戒所象征的情欲，又要保护唐僧所象征的道德规范体系，从而保证自我道德的完美清白，不受污染。

取经之路历经八十一难，终成正果，不过表明儿子终于取得了父亲的认可，这是许多人期望达到的人生目标。

很多儿子一生中都以父亲为潜在的敌人，然而，却在一生中都渴望父亲的承认。这是一个非常深刻的事实。

《西游记》使人们在幻想中解决了这个矛盾。

孙悟空的结局，意味着儿子取得了父亲所代表的整个社会的认可，即取得社会地位，取得成功，取得道德形象的完美，取得人生境界的圆满。如来佛对孙悟空在漫漫取经路上的努力予以肯定，并给予充分评价之后，孙悟空获得了正果，其象征意义自然十分明白。

最终是一个功德圆满的结局，是人生成功的结局，是取经终得正果的结局，是战胜千难万险的胜利结局，是一个喜剧的结局。

然而，不论是儿童还是成年读者，都在这个结局之后产生一种普遍的、难以言喻的、不自觉的却又是非常深刻的失落感和虚无感，这种感觉长久地弥漫心头。

如果对这种失落感、虚无感进行分析，那么，我们看到：

第一，无法无天的儿童时代自从取经开始就丧失了，取经的成功意味着更彻底的丧失。很少有人注意到这一点，但每个读者都接受了这一事实的情绪影响。

第二，儿子的成功终于被父亲承认并且接受了。儿子通过自己的努力，终于在父亲面前证明自己是个好孩子。然而，潜在的对父亲的反抗与敌视也被完全地压抑了，再也没有显示的机会了，再也不可能大闹天宫了。

这一潜在的事实是人们不自觉的，却在深刻地影响着每一个读者。它激起的情绪反应也是十分强烈的。

第三，从此，儿子与母亲的关系改变了，自己成佛了，和观音菩萨平等了，不能再与母亲嬉笑了，不能再得到深深渴望的观音菩萨的关照了。

儿子成功了，获得社会地位了，重塑道德形象了，就很难再得到儿时的母爱。这以非常隐蔽而又强烈的方式渗透着读者的心灵。

第四，人生成功了，奋斗的苦难经历了，似乎可以永享太平和圆满了。然而，因为从此没有了苦难，没有了奋斗，没有了和妖魔斗争的曲折故事，没有了这种种刺激，既超脱了，也虚无了。

每一个读者都会在《西游记》的结尾，被成功带来的虚无感笼罩。

第五，猪八戒所代表的令人喜爱的、亲切的、难以割舍的食色本性，在成功的人生进取中，也被升华和抑制了。

猪八戒被封为净坛使者，不过表明获得成功之后，还可以有冠冕堂皇的文雅的饮食而已。除此之外，那种原始的、粗俗的、冲动又充满痴憨乐趣的欲望本能被消灭了。

只要对读者的阅读情绪稍加分析就会明白，真正让他们惆怅的，不是离开唐僧，没沙和尚也无关紧要，而是离开孙悟空和猪八戒这两个人物。

在《西游记》的世界中没有了孙悟空，是让人感到难过的，没有了猪八戒，也是让人失落的。

离开孙悟空，象征着离开人生的奋斗。离开了猪八戒，象征着离开了生动可爱、憨实有趣的欲望。

第六，生命的真正意义就是与客体搏斗，无论是儿时大闹天宫，还是成年后的人生奋斗。奋斗结束了，意义也就没有了。

第七，孙悟空成佛，意味着儿子达到了父亲的境界，达到了父亲所取得的社会地位，同时意味着自己将要扮演父亲的角色。

这一结局不论对没有成为父亲的儿童、青年，还是对那些已经成为父亲的成年人，都会产生相同的震动。

一方面是成功，一方面是失去。一方面是父亲地位的获得，一方面是儿童时代以及青少年时代的丧失。

三

《西游记》是世界范围内最好的神话故事之一。它是潜意识真实的流露。它使我们看到了整个人的命运。

正是在《西游记》中，我们看到了一幅完整的图画：

我们看到了儿童如何从婴儿时期开始成长；看到了儿童大闹天宫时的无拘无束；看到了儿童时期拒绝接受安抚又不得不被安抚时最初受到的约束；看到了儿子对父亲的非常复杂的、全面的、深刻的态度体系；看到了儿子对母亲的深刻的、细微的、全面的态度体系。

我们看到了一个人与整个秩序的关系，与整个文化的关系，看到了在对文化的两个极端态度——绝对的反对和完全的接受之间的无限多的跨度。

　　我们看到了在父亲的威严下，在父亲所代表的整个秩序的压迫下，一个人如何接受秩序和文化所规定的道路。

　　我们看到了母亲怎样既是父亲权威的"帮凶"，又是缓解父子冲突的因素，同时，又体现了对儿子特别的情感。

　　我们看到了一个人在人生中如何战胜情欲，又如何对情欲有着恋恋难舍的亲切感，如何在最终失去情欲时倍感失落。

　　我们看到了一个人怎样在人生中与道德规范作斗争，同时又为了使自己拥有道德完美形象而努力。

　　我们看到了一个人与外界困难作斗争、与自身魔境作斗争的双重艰难性。

　　我们看到了人在成长中不得不依靠母亲，在人生的重大关口又不得不依靠父亲的现象。

　　我们看到了人怎样在一生中一方面怀着对父亲的深刻敌意，另一方面最终还企图向父亲而不是向母亲证明自己的强烈倾向。

　　摆在我们面前的是一系列有关人生的象征，这些象征在幻想中解决了人生的各种问题：

　　它歌颂了一生奋斗的英雄主义；歌颂了智勇双全的完整人格；歌颂了一个人在复杂的秩序世界中取得人生成功的努力；歌颂了一个人处理自己和秩序世界的关系的智慧；歌颂了一个人处理好自己与父亲、母亲的复杂关系的成熟；歌颂了一个人在性与生殖方面的生命力——用金箍棒打遍天下。

这些都极为有力地满足了人们解决人生中遇到的各种矛盾的强烈愿望。包括如何解决被强烈压抑的对父亲的对抗情绪，《西游记》都用曲折巧妙的方式使人们得到完美的满足：既对抗了父亲，又取得了父亲的承认。这真是人生中难以两全的满足。

我们不能不说《西游记》在这个象征层面上取得了成功。

此外，我们还看到一个更加深刻的层面。

故事以儿子得到父亲的承认——孙悟空得到正果被封佛而结束，正是在这个圆满的结局下面，我们看到了那个笼罩着读者心灵的失落感和虚无感。通过隐蔽的情绪结论，全书表达了一个与之歌颂人生英雄主义奋斗的象征层面完全相反的结论，那就是对奋斗的英雄主义人生的彻底否定。

取经的过程是接受秩序取得父亲认可的象征，这是作者并不自觉的；而这种对整个人生进取的否定，则是作者更不自觉的。

然而，只要稍一回想，读者就能感受到那种失落、无奈与空虚的情绪。没有人在情绪上对这种人生的归宿感到真正满意。

《西游记》一方面歌颂了孙悟空在被迫的规范下进行的智勇双全的努力，他的每一步奋斗都象征着这种努力，故事的每一个情节都歌颂着这种努力；然而，另一方面，故事的结尾以潜在的情绪影响宣布了相反的纲领：批判和否定孙悟空的一生。

通过这个整体的否定，解决了人类的一个基本矛盾。

人不得不接受秩序，不得不接受父亲的权威，不得不接受文化的规范，不得不按照社会的种种规定努力，人一生都在这种努力之中；然而，似乎人一生又都在反对这种规范，反对这种努力。

《西游记》完美地解决了人类如此深刻的矛盾——既欣赏自己人生中每一阶段的奋斗；同时又从心底里吐出一口闷气，以此表现对不得不接受的秩序规范的反抗。

第五章

孙悟空情结：健全、理想的男性人格

一

当我们将孙悟空说成东方的俄狄浦斯，不过是说《西游记》里主要讲述的是一个儿子和其父母关系的故事。其中隐含着一个儿子童年时期的"恋母憎父情结"。

然而，《西游记》无疑是一个圆满得多的故事，憎父恋母情结早已被人类圆融的文化消融得若有若无了——这是现代人都可以从中找到家庭生活榜样的故事。

可能由于《西游记》并不像俄狄浦斯的故事发生在那样古远的年代，也可能由于中国封建主义文化在《西游记》诞生的年代早已发展得十分堂皇而成熟了，孙悟空的故事与俄狄浦斯的故事有着相当大的差别。

在俄狄浦斯的故事中，父子对立是十分残酷的。如果说俄狄浦斯无意中的弑父表现了儿子强烈的憎父，那么在此之前，父亲的弃儿已经表现出了父亲的敌视与排斥。父亲对儿子的敌对情绪大概是儿子对父亲敌对情绪的一个原因。而在《西游记》中，父亲的态度温和多了。他对儿子虽有严厉的教训，然而，终究没有抛弃他，而是引导他走上一条人生的康庄大道。

《西游记》中父亲慈严兼备、宽宏大量的态度与忒拜老国王的形象是截然不同的。即使忒拜国王的弃儿是在神示的预告下做出的，它都反映出父亲的极端残酷。在《西游记》这个我们暂且称之为东方俄狄浦斯的故事中，我们看到了相当慈爱的父亲形象。

如果以父子关系再对俄狄浦斯与《西游记》的故事做出比较，我们就可以发现，在俄狄浦斯中，父亲被儿子的利剑所击穿，儿子以弑父的极端方式表现出对父亲的憎恨与对抗。而在《西游记》中，儿子虽然曾和父亲的统治发生过尖锐对抗，曾被父亲严厉地镇压，然而，在得到父母的宽大理解之后，儿子拍一拍落在身上五百年的尘土就去西天取经了。他没有打倒父亲的表现，也从未试图推翻父亲的权威。在和父亲的意志发生冲突之后，他最终接受了父亲的规劝。这一点，显出了中国"父为本"的传统文化之深入人心，即使像《西游记》这样的神怪故事，都没有儿子试图推翻父亲统治的梦的流露。

艺术是潜意识制造的图画。当俄狄浦斯情结在古希腊以"弑父娶母"的极端形式表现出来时，那不过是原始的儿童梦想。而当俄狄浦斯情结在《西游记》中以如此温和的方式隐隐流露时，儿童的情结已经被文化抑制了。艺术家即使在神话故事的编撰中都没有敢于流露打倒父亲的情结，这足以说明中国传统文化中家庭伦理道德观念的强大，它已积淀在艺术家的潜意识中。

对俄狄浦斯神话与《西游记》进一步做出对比，我们发现，俄狄浦斯以无意娶母的方式表现了原始的儿童化恋母情结。而《西游记》中，孙悟空对观音菩萨这个"母亲"流露出的爱恋不过停留在敢于与她略做调皮的亲热调笑。这种调笑是一个慈严得当的母亲在有恃无恐的儿子面前经常得到的合理待遇。

孙悟空这个调皮的儿子生动而又有节制的恋母表现，又一次显示了中国家庭伦理道德文化的强大规范力。它深入艺术家的潜意识中，成为艺术创作中不自觉的模式。

在孙悟空对待观音菩萨的整个态度中，我们看到了中国文化中儿子在母亲面前的表演。当孙悟空手拿金箍棒，斗志昂扬地跋涉在西天取经的道路上时，他虽然远离父母，又时时在父母的关照之下，他与父母的全部关系表现出俄狄浦斯情结已被人类文化很好地抑制和调节了。

二

孙悟空的故事是一个小男孩健全人格发展的故事。

考察孙悟空人格健全发展的条件与环节，我们会得出一个相当完整的系列：

1. 孙悟空的婴幼儿时期是自由自在、无拘无束的，它多少比喻了中国传统社会子女众多的家庭中一个小男孩如何摸爬滚打、撒欢地生活在儿童群中。

他们脱离父母的禁锢，在花果山上举着自己的旗帜和武器肆无忌惮地玩耍，这无疑是男孩子成长的必要条件。缺乏这样无拘无束、无法无天玩耍阶段的小男孩，很可能难以形成健全的人格。

特别对孙悟空这样富有创造力的人来说，想必都有一个调皮捣蛋、无所不为的童年阶段。

2. 对于儿童的无法无天行为，又需要必要的管教，自由是有限度的。

这时，父亲的形象攸关重要。如来佛对孙悟空大闹天宫的做法先是晓之以理，实施说服教育。当说服教育无效时，他也使用了必要的严厉制裁，予以压服。他佯装对犯了大错的儿子弃之不理，让他在隔离中自省。当儿子领受了足够的教训之后，再给他指出取经的人生道路。

在这里，一个中国的父亲表现出教育儿子的得当的严厉，这是对儿子无限扩张的童年任性行为的必要规范。

3. 母亲的形象是攸关重要的。

观音菩萨表现出一个中国母亲的适当态度。她在父亲的严厉制裁已经给了儿子足够的教训之后，适时地出现了。她配合着父亲的教育方针，以母亲的慈爱形象解放了受到惩罚的儿子，同时按照父亲的意旨，为儿子指出了一条正确的人生道路。

4. 如果将父亲与母亲的适当态度结合在一起，那就是慈严兼备，爱又不溺爱，给儿子无拘无束活动的空间，又不让其无限制地无法无天，并且在必要的时候实行严厉教训，在严厉教训之后给予出路。

这一切慈严兼备的规范，最终以堵截与疏导相结合的方式，引导儿子像一股奔腾的洪流向着正确的方向前进。

5. 当观音菩萨用哄慰与教导相结合的方式引导孙悟空走上去西天取经的道路时，我们说，孙悟空不过是走上了通往父亲王国的人生道路，他是去父亲那里取经，继承父业。当如来佛的极乐世界透过妖烟滚滚的漫长路途在遥远的西方金光闪烁时，我们看到了一个小男孩成长时极为有利的条件，那就是父亲的榜样。

有了父亲的榜样，对儿子的规范与教育就显得水到渠成，儿子的人生进取有了非常形象的目标。

当然，一个过分强大的父亲一方面可能为儿子的成长提供光辉的楷模；另一方面也可能成为限制，儿子很难超越伟大的父亲。孙悟空并没有开辟出比如来佛更宏伟的极乐世界，他不过是在父亲统治的世界里得到一个比较光荣的位置。这个结局既是中国传统文化中"父为本"观念的必然结果，也可以看成一个始终高高笼罩在儿子头上的伟大父亲对于儿子成长的一种抑制。

6. 当孙悟空走上取经道路之后，我们看到了他在父母远距离的照看下独立奋斗的经历。

正因为给了儿子独立奋斗的环境，才使他有着发挥才智、锻炼能力的充分可能性。《西游记》在相当程度上讲述了孙悟空远离父母独自奋斗的故事。今天的家长无疑可以从孙悟空的故事中体会到"望子成龙"的正确方法。

7. 父母虽然给了儿子独立奋斗的宽广自由空间，然而，又没有让他完全脱离父母的规范。

当观音菩萨将如来佛交给她的金箍套在孙悟空的头上，并将咒语传授给唐僧之后，这就是父母将基本的伦理道德规范加在了儿子头上。唐僧，正像前面分析的，可以视为孙悟空的"超我"。正是这个"超我"掌握了父母给予的紧箍咒，代表了父母及社会制定的规范。没有这个必要的管束，一个刚刚走上独自奋斗人生道路的男孩依然可能越出合理的界限。

8. 孙悟空就是这样在唐僧与紧箍咒的必要约束下，在广阔天地中独立奋斗。这时，他人格的发展主要通过两方面的斗争与冲突得以实现：一是与各种困难险境作斗争，战胜种种妖魔鬼怪，磨炼意志，增长才能，全面提升自己的素质；另一个是与自身的"超我""本我"不断冲突，在冲突中锻炼"自我"的完整性。

在漫漫的取经路上，他既要和猪八戒所代表的"食色本性"的"本我"作又满足又克制、又宽容又严厉的斗争与通融，又要和唐僧所代表的清规戒律、迂腐呆板的"超我"作又对立又统一的斗争与通融。

在这里，如果我们将孙悟空看成一个男孩的"自我"，将猪八戒和唐僧分别看成"本我"和"超我"，回顾这三者的种种戏剧化冲突，想到猪八戒的粗拙直憨，唐僧的固执古板，孙悟空的随机应变，就能够非常形象地领会弗洛伊德人格结构理论的某种合理性。

9. 在孙悟空取经的过程中，我们不仅看到了他的独立奋斗，也看到了父母除通过紧箍咒对他进行远距离约束，还在他遇到困难时提供必要的帮助。父母在这里分别承担的责任与扮演的角色是十分适当的。

总体上，是父亲的教导与榜样给予儿子基本的信念支持，虽然他绝非事无巨细事必躬亲。他宽宏大量地让儿子在遥远的地方独自闯荡，似乎不管闲事，然而，当儿子遇到最难以解决的困难时，他会非常适时地给予帮助。他将只有父亲才能够完成的任务责无旁贷地完成了。

观音菩萨作为母亲，则给予儿子更多具体的帮助。每当儿子在人生道路上遇到难题时，她总是在遥远的距离上先知先觉，又从不急于提前出现，以给儿子足够独立锻炼的时间与机会。当儿子实在难以解决某些困难时，她才或是主动或是在儿子的请求下出现。而当她帮助儿子收服一个又一个妖魔，解决一个又一个难题之后，并不多领会儿子调皮的感谢，就手持玉净瓶飘然而去。

　　孙悟空的父母可以说是一个男孩人格健全发展的完美父母。正是这样的父母，构成了小男孩人生奋斗的有力后盾。

　　除了父母的帮助之外，我们还看到整个社会对孙悟空这个小男孩的支持。当他走上通往父亲身边的光辉道路时，社会的支持给了小男孩必要的成长环境。

　　10. 孙悟空能够百折不挠地跋涉在取经路上，是因为西天的正果在召唤他。

　　一个小男孩之所以能够在人生道路上坚持奋斗，并逐渐发展起理想人格，是因为有一个最大的奖赏等待着他。这个最大的奖赏就是父母与整个社会的肯定，这是一切动力的源泉。

　　这个奖赏像光芒万丈的灯塔照耀着跋涉在千难万险道路上的小男孩。有没有这个奖赏，是儿子能否健全成长的最重要条件。善于铸造起这个奖赏，并时时刻刻以此照亮儿子的征程，是父母及整个成年人世界教育后代的第一要旨。

　　赏罚是帝王统治国家的全部权柄，赏罚是家长培育的全部手段。在必要的惩罚对孩子的种种犯规行为做出规范的同时，必要而且充分的奖赏则是孩子发展健全人格最重要的推动力。

　　伟大的父母善于运用伟大的奖赏。

　　伟大的奖赏铸造出伟大的儿子。

三

如果我们对如来佛、观音菩萨及整个天宫神仙世界所代表的正统秩序不做什么非议，如果我们不要求孙悟空做一个推翻正统秩序的革命者，我们说，孙悟空的人格确实是相当健全、理想的男性人格。

他是自由自在、敢想敢说、敢干敢闯的，大闹天宫表现出的勇敢一直贯穿在他的人格中。他又能够对不可抗拒的而且是正确的教训坦然接受。当他被如来佛压在五行山下五百年，在观音菩萨的解救下跳出来之后，并没有病态的倔强与悲壮，而是喜笑颜开地接受了父母指出的道路。这是一个儿童极其健康的表现。

他能够在年龄的不同阶段用不同的方式正确对待父母，表现出一个得到必要爱护又受到必要管教的健全人格。他能够见机行事地对抗和调笑父母的权威，保持自己的自由空间，同时又不那么任性自傲、大哭大闹，总是一片童心快乐地接受父母那些必须接受的规定与安排。

他同样能正确对待社会。既能正确对待童年的伙伴，也就是那些还在无法无天闹事的妖魔鬼怪，也能够正确对待他在大闹天宫时期冲撞过的成年人世界。他总能在不卑不亢的快乐嬉笑中与天宫和仙界联络，求得他们的理解和帮助。

他对人生奋斗充满了热情与勇气，表现得生机勃勃、百折不挠，像个快乐的小精灵，永远不记悲哀。他身上洋溢着中华民族文化中那种积极向上的内容。当他雄赳赳气昂昂地扛着金箍棒奋勇前进时，一种健全而乐观的人格栩栩如生地立在我们面前。

然而，倘若我们沉下心来思索一下孙悟空这个男孩的乐观主义人格中凝聚着哪些情结与动力源泉时，就更加深入我们的主题了。

我们最先看到的是游戏法则，在孙悟空的一生中都贯穿着这一法则。

他始终表现出与生活作斗争的冲动与乐趣。无论是营造花果山，还是大闹天宫，还是后来在取经路上的千难万险，他总是充满求胜的冲动与乐趣，斗智斗勇。这个儿童游戏的心理法则，成为他终生难解的情结。

这或许是人类解决矛盾、战胜客体、征服世界这个基本旋律的人格化。就这一点而言，我们在所有奋斗不息的创造性人格中都能看到孙悟空的影子。

然而，为什么积极奋斗的创造人格得以在孙悟空身上实现？我们不得不回到他童年时代的体验中。

我们发现，孙悟空百折不挠、游戏式的创造精神，来源于他的父母与家庭。当他在西天取经路上表现出奋斗不息的乐观精神时，这种看来是纯粹的斗争求胜的游戏冲动下有一个更加深刻的力量源泉，那就是父母所期待的前景在遥远的未来召唤着他。这既是通常社会所认定的成功，又是父母自小对他的期望。

不管孙悟空是如何独立奋斗，如何长大成人，如何显得在为自己的人生奋斗，童年铸造的情结终究是强烈的。他在追求社会的肯定时，更深层的心理动力是在追求父母的赞赏。这里，我们看到了俄狄浦斯情结一个比较复杂的又是十分圆满的转化。

一个在蒙昧的儿童时代怀有恋母憎父情结的男孩，现在不仅为了得到母亲的肯定而奋斗，而且还在为得到父亲的肯定奋斗。作为儿子的孙悟空，他奋斗的全部潜在动力，主要是为了得到父亲的肯定。

这绝非想当然的臆断，更不是出于任何理论学说的逻辑推演。我们在孙悟空的故事中，在由此启发而联想到的大量生活中，都能看到这个事实。

一个男孩曾经被父亲严厉教训过，曾经让父亲失望过，曾经受到父亲的否定，然而，父亲毕竟是宽厚的，是期望儿子走上成功之路的。当儿子在母爱的温存下似乎被迫地接受了父亲的规范之后，他进行人生奋斗的全部行为却在注释一个连自己也不自觉的强烈情结，那就是他在苦苦追求着父亲的肯定。

也许这里含着曾经对抗父亲、憎恨父亲、敌视父亲的巨大自疚与忏悔；也许还蕴含着儿童至今不曾自觉的潜在弑父情结；也许这就是人类通常有可能由敬畏父亲而产生的宗教情绪；也许这里含着对父亲曾经给予过自己的过分严厉惩罚的报复情绪（我要证明你曾经那样对待我是完全错误的）；也许是对自己童年时受到父亲严厉打骂的委屈的释放（我从来不是个坏孩子）；也许还含着对母亲的某种温和的怀恨（你曾经和父亲一样，对我表示失望）；也许这里还怀着一种超越父亲的企图（你所要求的我不是不能做到，而且可能比你做得更好）；也许怀着有一天父亲衰老了，自己还能以一个成功者来照顾一下父亲的想象（这既是报恩，又是报复。你曾经是强者，管教我；我将成为强者，而照顾你）；也许还有洗刷自己在童年时受到的父亲所有责备、不满、失望和屈辱的愿望（你对我的每一次指责，我都没有忘记，但是你可能忘了）；当然也可能含着要同时洗刷社会环境曾经给予他的一切指责、不满和失望（你们说我调皮捣蛋，无法无天，是个没出息的坏孩子）……

这样，我们就看到了一个由各种与父亲对抗性情绪转化而来的心理情结。

这或许是"浪子回头"的情结。古往今来的许多故事，现代世界中发生的许多个案，都说明这种情结的强大有力。因为童年时期幼小心灵受到的委屈，今天通过一整套心理机制转化为巨大的追求动力。

一个男孩在追求这个世界的肯定，在追求父母亲的肯定，并且特别在追求父亲的肯定。也许他对此终生不自觉，也许在表面上他会对父亲的任何肯定都显得漫不经心，也许他还会对父亲怀着这样或那样的宽容的调侃，然而，他在心灵深处却只有一句话：你的儿子不是坏孩子，是个好孩子。

正是通过孙悟空的故事，我们看到了被弗洛伊德称为俄狄浦斯情结的童年情结在一个健全的家庭环境和社会环境中发展成了孙悟空的人格。在孙悟空的人格中，所谓的俄狄浦斯情结早已不是弗洛伊德所说的那种带有原始性的性欲表现了，它被社会文化所铸造，它吸收了从社会到家庭方方面面的文化因素，经过一系列转化，成为这样一个渴望得到父亲承认的心理情结。

　　孙悟空这样的男孩一生都在潜在的心理中渴望着父亲的承认，渴望在父亲面前证明自己，这种情结常常隐蔽而有力地驱动着一个男人的一生。

　　我们或许可以把这个情结称为"孙悟空情结"。

第六章

《狮子王》：男孩的独立梦

一

　　《狮子王》是一部美国动画片，这部由电脑技术制作的动画片在包括中国在内的许多国家上映时获得很大成功。这当然与它制作技术的高超有关，但更主要的是因为故事本身。《狮子王》是一个现代版的童话故事，在这个故事中同样隐藏着触动人类情感的深刻情结。

　　故事是这样的：非洲草原上有一个狮子王国，狮子王木法沙和王后沙拉碧产下小王子辛巴。辛巴的出生引起木法沙的兄弟刀疤的嫉恨，他对狮子王说：要不是辛巴的诞生，王位的继承人应该是我！

　　辛巴渐渐长大了，狮子王木法沙与王后沙拉碧照料着他的成长，并不断教导他生活的道理。刀疤则将辛巴视为眼中钉，开始了处心积虑的谋害。他多次勾结鬣狗们实施谋害小辛巴的行动。他对鬣狗们说：木法沙和他的儿子都得死，到那时我就是国王，而你们也就可以顺理成章地进入狮子王国了。

终于有一天，刀疤将辛巴引诱到山谷，然后指使三只鬣狗追击角马。霎时间大地颤抖，数以千百计的角马如洪水般朝辛巴狂奔过去。幸好狮子王及时赶到，救出了辛巴，而自己却被角马群冲击裹挟困在山谷里。他奋力向上一跃，挣扎着紧紧攀住一块岩壁，向突然出现在岩壁上的弟弟刀疤求救，可是刀疤却冷冷地说了一声：国王万岁。就把国王木法沙推下了山谷。

洪水般的角马群冲过去了，辛巴在旷寂的山谷里发现了一动不动的已经死去的父亲。他以为是自己害死了父亲，内心痛疾万分。别有用心的刀疤则面无表情，在一旁强化他害死了父亲的罪过感，并怂恿他：你逃走吧，永远不要再回来。当辛巴逃走以后，刀疤命令鬣狗们在后面紧紧追杀。辛巴在荆棘丛的掩护下逃向远离狮子王国的远方。刀疤则登上国王崖，向狮子王国宣布木法沙和辛巴的死讯，同时宣布自己成为新的国王，并欢迎帮助他登上王位的鬣狗们进入狮子王国。

小辛巴逃到了远离狮子王国的地方，在猫鼬和野猪等动物朋友的帮助下很快恢复了体力。但他始终难以忘记狮子王国那可怕的最后一天。猫鼬和野猪教导他不想过去，不想未来，也没有责任，只要无忧无虑为今天活着就可以了。辛巴逐渐认为忘掉过去才是对的，日复一日，他便在无忧无虑中成长为一头英俊的雄狮。

一天，他突然邂逅了儿时的好友母狮娜娜。娜娜告诉辛巴，自从刀疤当上国王，狮子王国的日子就像噩梦一样，连辛巴的母亲沙拉碧也在受罪。娜娜对辛巴说：假如你不回去，每个人都将生不如死。但是辛巴痛苦地回答：虽然自己是狮子王国王位的合法继承人，但是父亲的死使他愧疚，他不愿再回到狮子王国。

一个夜晚，星空中出现了父亲木法沙的影像。父亲在高高的天穹用深沉的声音对他说：孩子，你的才干非凡，又是唯一合法的王位继承人，你必须回到属于你的国土上去。辛巴呼喊着爸爸，看着逐渐消失的父亲的影像，决定遵照父亲的教导回到狮子王国去拯救他的子民。

当辛巴来到国王崖时，已是黄昏。环视四周，土地荒凉干裂，黑暗的天空中雷声滚滚，暴风雨就要降临。而刀疤正在大发雷霆，因为动物们纷纷逃离这片土地，母狮们捕不到猎物，连负责捕猎的沙拉碧也因此遭到刀疤的殴打。辛巴看到母亲挨打，愤怒地冲了上去。他向刀疤喊道：我回来啦，你选择吧，要么退位，要么接受挑战！阴险的刀疤拒绝投降，他不断以辛巴害死父亲的指责从心理上打击辛巴。

辛巴由于心中深刻的内疚与气愤，一不小心从岩石上滑了下去。当他竭力攀住岩壁做绝望的挣扎时，刀疤以为胜利在握，他又可以重复过去将木法沙推下岩壁的一幕，同样将辛巴推下悬崖。他凶狠而得意地对辛巴说：在你死之前，有件事告诉你，是我杀死了你的父亲。一听此话，辛巴咆哮着奋力跃起蹿上悬崖，将刀疤一下打倒在地。最终，辛巴将卑鄙的叔叔刀疤赶下了国王崖，刀疤成了鬣狗们的一顿美餐。

辛巴在母亲和众狮的欢呼中正式宣布执掌政权，狮子王国重新恢复了和平与宁静。不久，辛巴和娜娜有了小王子。在举行庆典的这一天，他们站在国王崖上将小王子高高举起。所有的动物都发出了欢呼，向狮子王国未来的统治者俯首跪拜。

二

我们首先对《狮子王》的故事做最粗浅的社会学分析。这个童话的全部故事基础源于刀疤的弑兄篡位。

国王的兄弟弑兄篡位，这在许多国家的历史上是经常发生的现象，也曾成为很多文学创作的素材。至于兄弟相争本身是否含有俄狄浦斯情结那样深刻的内容，倒可以另题讨论。在《狮子王》中，弑兄篡位的情结不仅让我们想到了历史，也多少让我们体验到人类心灵深处有可能隐藏的儿童时代兄弟相争的情结。对于这一情结若有若无的触动，虽然在故事中不占有太重要的位置，但总是朦朦胧胧地增添了故事与观众深层心理的联系。

在弑兄篡位的情节基础上真正建立起来的这个现代童话的道义分别，有四个方面：

第一，木法沙的国王权力是既定的、合法的、正统的，这个权力向下遗传给辛巴又是正统的、合法的；而刀疤要篡权的行为则是非正统的、非法的。前者是正义的，后者是非正义的。这是《狮子王》中道义分别的第一个内容，它是传统文化中正统与非正统的对立的道义判断之再版。

第二，木法沙的行动是公开的，是阳谋；而刀疤的行动是隐蔽的，是阴谋。一个光明正大；一个阴谋诡计。这种手段的分别又是这个故事中进行是非判断的第二个内容，它无疑也符合人类一般的道义概念。

第三，木法沙自然代表着狮子王国，并且代表着狮子这样的"贵族"；而刀疤为了推翻木法沙的统治，不得不联合像鬣狗这样的"贱民"。当《狮子王》将前者放在道义的光明位置上，将后者放在非道义的阴暗位置上，流露出的是古往今来都可能普遍存在的统治阶级的阶级观点，或者说贵族阶级的阶级观点。

第四，刀疤和鬣狗们的勾结还多少带有勾结外敌的性质。当他这样"里通外国"地与木法沙进行斗争并以此巩固自己篡夺的权位时，这多少又有了出卖本民族的性质，这样，木法沙、辛巴与刀疤之间的斗争带有了民族矛盾的模式。将本国的利益出卖给外国，刀疤无疑处在了被否定的道义立场上。

这些，或许是《狮子王》所表现的道义感的基础。辛巴代表合法性，代表光明正大，代表高贵血统，代表本国的利益，于是，他与刀疤的斗争似乎就吹响了正义的嘹亮号角。

三

当然，《狮子王》触动人心的艺术力量绝非仅在这里。如果将《狮子王》放在对俄狄浦斯神话与《西游记》的破译之后，我们就可以经过一个更深入的剖析过程看清楚这个童话故事内部隐藏的真正情结与意义。

《狮子王》是辛巴的故事，辛巴是主人公，是孙悟空，是儿子的代表，是儿童的代表。辛巴的故事就是一个儿童的梦。只有从对辛巴成长过程的分析中，我们才可能发现《狮子王》艺术力量的根源。

在这里，俄狄浦斯情结的理论首先使我们有所发现。

《狮子王》中同样非常主要地贯穿了木法沙和辛巴这样一对父与子的关系。人类经过几千年的文明发展，儿童的俄狄浦斯情结远不像俄狄浦斯神话那样直露了，它以更隐蔽得多的形式流露出来。现代艺术家懂得弗洛伊德关于俄狄浦斯情结的概念，他们自觉的意识完全有可能将任何俄狄浦斯情结的原始表现予以否决。

然而，这是自觉了的、成熟了的人类文化观念，是成年人的观念。

对于年幼的男性儿童，无论他在怎样成熟的伦理道德文化熏陶下，恋母憎父情结总是存在的。儿童那种幼稚的、痴心妄想式的弑父娶母愿望同样会这样或那样地存在着。它依然有可能透过种种辉煌的伦理道德文化有隐蔽的表现形式。

这样，我们便在《狮子王》中看到了，辛巴虽然没有像俄狄浦斯那样无意中弑父，然而，他却以更加无意识的方式杀害了父亲。

这或许是弑父情结更加隐蔽变相的实现。

也许《狮子王》的作者并没有意识到这一点，当他想远远躲开俄狄浦斯情结，以完全歌颂的方式来表现父与子的关系时，潜意识却以更加隐蔽的方式将隐藏在作者或者说整个现代人类社会中的俄狄浦斯情结作了显露。父亲的死虽然归因于儿子的年幼无知，然而，年幼无知的过失毕竟像一把利剑结束了父亲的生命。

这样，从故事一开始我们就看到了俄狄浦斯情结的表现。只要看透这一点，就能由此出发，看清楚《狮子王》的真正力量。我们就会看到辛巴这个小儿子的全部人生故事的动力，以及他牵动观众的力量来源。

1. 因为幼稚的过失，使父亲为自己牺牲了生命。

这种无意识的弑父行为自然在辛巴内心造成了强烈的愧疚与罪过感，刀疤的指责更强化了他的罪过感。这种罪过感浓重地笼罩着辛巴的心灵，也会同样浓重地笼罩观众的心灵。它与人们在儿童时期形成并潜伏下来的俄狄浦斯情结相共鸣。

这是一种巨大的情感力量，它掀动的是人们深层潜意识的能量。

当小辛巴看到父亲躺在那里一动不动时，当他逃离狮子王国远走他乡时，他那年幼无知而又无援无助的哀泣极大地感染了观众。他们也许不曾自觉这里的原因，然而，他们一定在情绪深处领会到一种巨大的歉疚与罪过感的冲击力。

2. 这种罪过感又有冤屈的性质。

在故事中，父亲由于救护辛巴而受伤，受伤后又死于刀疤的迫害，是刀疤残忍地将木法沙推下了悬崖。正是这种安排，一方面使辛巴承担了父亲因他死去的巨大歉疚，另一方面又使辛巴蒙受了某种程度的冤屈。

这样，对这种冤屈有朝一日得以洗刷的期待，成了故事具有巨大牵动力的又一个重要方面。

辛巴的行动在观众心目中保持着一个悬念，他自始至终在默默而有力地喊着一句话：儿子没有罪。这样，洗刷自己的歉疚与洗刷冤屈结合在一起，辛巴的命运就有了更加牵动人心的力量。

无意中弑父娶母的俄狄浦斯是令人同情的；而在无意中让父亲为自己牺牲，又在一定程度上蒙受不白之冤的辛巴是更加令人同情的。

3. 辛巴的不幸遭遇使人们期待着故事的发展，他应该洗刷自己的歉疚与罪过，他还应该洗刷自己蒙受的冤屈，而这两者又与为父亲报仇结合在了一起。

在这个现代童话中，导致父亲死亡的最直接原因是刀疤的加害，这就为辛巴提供了讨回血债、为父报仇的条件。这样，就不只是弑父情结之后无以摆脱的愧疚与罪过感，而且有了洗去愧疚、赎下自己罪过的积极表现。

这是一种升华。

正是在《狮子王》中，我们发现了古往今来很多故事隐藏的真理，那就是杀父之仇常常是儿子心目中最大的仇恨，这显然不能用儿童的俄狄浦斯情结做粗拙的解释，这里是人类社会文化的全部铸造。

恋母憎父的俄狄浦斯情结是幼稚年龄铸下的一个情结，它不仅在人类一系列文化的规范下逐步被抑制克服，而且会有各种堂皇圆融的转化。就像我们分析"孙悟空情结"中所揭示的那样，一个在幼年时恋母憎父的男孩，在其成长过程中最主要的动力就是要在父亲面前证明自己。这里不仅是对父亲的认同，也是对整个社会文化的认同。

父亲是社会秩序的真正代表。

更全面地说，还有很多方面的心理机制，使得儿子最终以取得父亲的肯定为首要追求。

在《狮子王》中，我们则看到了为父亲报仇的巨大心理能量。我们完全可以想象，倘若辛巴的母亲被害，他或许未必有如此大的心理能量。在这里，儿子对父亲特有的深刻愧疚心理，有了另一种形式的升华。

因为对父亲愧疚，就要加倍报答父亲。因为对父亲愧疚，就更加激励为父报仇的决心。因为对父亲愧疚，就更加认定自己具有捍卫父亲的崇高职责。特别是父亲在人类文化的规范中表现出对儿子的全部仁慈与爱护，那些在儿童时代怀有过憎父情结并对抗、伤害过父亲的儿子，会以捍卫父亲的全部忠诚补偿自己的一切心理歉疚。

当辛巴走上为父报仇的道路时，他同时也是走上了洗刷自己全部歉疚与罪过的征程。辛巴的行动有了多种强烈的推动力量。

4. 辛巴的行动还有一个非常明确的意义，那就是夺取本属于自己的王位继承权。这是为自己而战，也是为父亲而战。

争夺本属于自己父亲的遗产，这是最重要的争夺。

这不仅是一个王位，还是儿子的权利。

在历史上，争夺王位继承权常常会引来残酷的争斗，即使在普通的平民家庭中，争夺一个几乎没有多少实惠的名分也会引来强烈的行为反应。当父亲逝世的追悼会未能够通知一个曾经过继给他人因而被遗忘的儿子时，这个儿子会做出类似呼天喊地的强烈反应。

这里也许没有任何值得一争的遗产，有的只是一个儿子的名分。

5. 辛巴行动的推动力因为非常明确的综合目标而显得强有力，他要打倒冤屈自己、又用害死父亲的自疚折磨自己并掠夺自己继承权的刀疤。

与这个角色的斗争，将辛巴心中几种强有力的行动能量都凝聚在了一起。

6. 除此之外，还有一个不该忽略的力量，那就是拯救遭受奴役的母亲。

这虽然在《狮子王》的故事中显得比重不大，然而，理所当然应该是辛巴的行为动力之一。《狮子王》无疑是男人写就的故事，它基本上是儿子与父亲的故事，多少忽略了母亲的作用，但拯救母亲同样该是辛巴的强烈愿望。

7. 当辛巴打败刀疤从而执掌王国的权力时，我们便从这个故事中读出了儿童期望成长起来，取代父辈接过权力的冲动。当辛巴胜利地接受臣民的欢呼朝拜时，我们真切地感受到了这种冲动。

辛巴的故事是一个取代父辈登上历史舞台的故事。这种冲动特别在那些儿童观众的心理反应中可以看出。

8. 辛巴登上王位的故事也是取得自己恋爱娶妻权利的故事。

当儿时的女友娜娜最终成为王后出现在他身边时，表明了他为父报仇夺回王位的整个过程，也是他作为一个成熟男人占有异性的过程，这是所有男孩的梦。

9. 辛巴为父报仇、为自己洗刷冤屈的战斗过程，还结合了道义的力量，那不仅是现代社会所讲的社会责任、民族责任、国家责任，等等，甚至还有高贵的血统、光明正大的品德。这使得辛巴这个小男孩的故事更结合上了人类所谓道义的力量。

如果再多一点注意的话，还会发现这里甚至加入了生产进步与落后的历史概念。刀疤将狮子王国搞得民不聊生；辛巴打倒他，自然又是一次生产力的解放。

这样，辛巴的战斗历程就十分完美了。

透过《狮子王》设置的种种情节，我们看到，辛巴的故事其实是一个巧妙的男孩的梦、儿子的梦。

这是一个儿子曲折地、隐蔽地、道义地也是符合人类文化规范地打倒父亲的梦。

父亲被儿子年幼无知的过失及叔叔的阴谋杀害了，辛巴将叔叔当作敌人，最终在自己成年之后将叔叔打倒了。其实，篡夺王位的叔叔已经成为父亲的替身，或者说是整个父辈的象征。通过这个曲折而又十分符合道义的过程，辛巴最终取代的是父亲的位置。

这是一个现代版的西方童话，它隐蔽地流露出西方社会深藏的心理情结。

辛巴的情结是儿子渴望生活在一个完全实现自己独立意志、没有父亲统治的世界中的情结。

这与"孙悟空情结"是不一样的。

四

《狮子王》又是一个成年人也喜爱的童话故事。它既符合男人自己过去做儿子的体验，也符合现在当父亲的心理。

木法沙的故事是一切现代父亲的故事，里面蕴含着当父亲的情结，其中也有着牵动人心的深刻力量。

我们首先看到，父亲为儿子牺牲特别触动成年人的感情。那是做父亲的强烈的冤屈和悲壮心理，是一个父亲面对儿子以及整个世界的心理。

他曾经对儿子有过严厉的教育，不被儿子理解。当他一而再、再而三地与年幼的儿子发生冲突时，他得忍受儿子无知的对抗。儿子对他的一切不理解与对立行为，都在他心中引起强烈的反应。最终，他却因为儿子幼稚无知的过失牺牲了自己。

这时，做父亲的冤屈与悲壮得到了最充分的发泄。任何一个父亲都可能由于自己曾经有过的对儿子的潜在排斥心理和过苛态度而感到疚悔，而这种疚悔也在这个为儿子而牺牲的悲壮故事中得到了消解。

父亲有可能在儿子的成长中与儿子有过这样或那样的冲突，这种冲突大多以父亲实施教育，而儿子不理解、不顺从的方式表现出来。儿子的对抗情绪对父亲的刺激以及父亲对自己过苛行为的潜在不安，都在为儿子的伟大牺牲中得以消解。

这是父亲内心深处情结的实现。

正是这一实现，使得《狮子王》的故事触动了成千上万的男人。

木法沙安静地躺在山谷中与世长辞了，不谙世事的小辛巴在父亲身边悲哀地徘徊哀鸣，这种情景使得父亲们得到崇高的人格陶醉。如果我们确实深刻领会这种做父亲的情结，或许可以把它称为"木法沙情结"。

我们在现实生活中能够看到这种情结的大量表现。

父亲常常表现出对儿子特别的责任感，他们内心深处有一种为儿子尽心尽力的冲动，有一种要为儿子牺牲点什么的冲动，而且要比母亲做得更好，同时渴望着儿子的理解。任何一个父亲为儿子做出牺牲时，由于这种牺牲终于使儿子理解了他从小不曾充分理解的父亲的严厉要求时，儿子的愧疚常常是父亲的最大心理满足。

即使最一般的情况，当临终的父亲在病床上面对悲痛欲绝地跪倒在床边的儿子时，儿子的悲痛或许有他一生中潜藏的对父亲的歉疚，而父亲也在这时获得了格外的平衡与宁静。

儿子的悲痛表明，童年对父亲的全部不满都已消除，儿子对父亲的一切管教都已理解，父亲由此洗刷了全部做父亲的冤屈，以安然的心态进入天国了。

此外，同样重要的，当狮子王木法沙在小辛巴遇到危难时奋不顾身冲上去解救时，我们还看到了一个更单纯的情结，那就是保护年幼儿子的责任与冲动。这里，不需要任何对儿子的不安做种子，也无须含着洗刷自己的动力，这是更加接近生命本能的表现，在很多高级动物保护幼崽时我们都能看到。

对于一个年幼的婴儿，无论是儿子还是女儿，父亲往往拥有绝对的责任感。当儿子遇到危险时，在绝大多数情况下父亲都会奋不顾身地冲上去予以保护。这是一个单纯得多的父亲情结，他是在保护自己的血肉，保护自己生命的延续。

当然，在社会文化赋予的种种意义上，这还可能意味着保护整个家族的血脉，保护遗产的继承人，保护自己的光荣，等等。

无论社会文化对父亲保护儿子的行为做了怎样多方面的解读，我们依然可以说，这种父爱的心理动机单纯得多，这是更加直截了当的父爱。

其实，父子之间的对抗，父亲总比儿子感觉迟钝。在三至五岁的儿童心理中，可能已经形成典型的恋母憎父情结。而这时的父亲，大多还把儿子看成需要自己保护的幼嫩生命。父亲意识到与儿子对抗并且感到对儿子过分严厉的不安，常常是在儿子长大一些之后才有的事情。

在《狮子王》中，做父亲的上述两种情结结合在一起，必然对现代成年男性产生相当深切的触动。这两种情结在故事中都得到了充分的宣泄与释放，父亲木法沙退出历史，结束生命，就格外显示出生命的惆怅来。这种惆怅是一种宗教情结。宣泄了两种情结的父亲终于有充分的资格在天国出现，照看儿子了。

这样，我们就可能看到宗教的一种更完整的解释。

当辛巴仰望着天国中父亲的影像，并聆听着他从天国发出的教导时，我们看到的是儿子对父亲的愧疚与敬畏铸造了神与宗教；而当我们从木法沙的角度在天国俯瞰小儿子辛巴时，完全可以体会到一个尽了责任又洗刷了全部冤屈的父亲对待儿子神圣而崇高的态度，这时，他已将自己化为神与宗教了。

《狮子王》的故事进行到这一幕时，不仅儿子们的心灵与辛巴共鸣，父亲们的心灵也与木法沙共鸣。父亲们此时获得的是足够的安详圆满，以一种更崇高也是更绝对的方式再一次实现了父亲的权威。

天国中父亲的权威是至高无上的。

五

对任何童话故事的剖析都要从它触动读者心灵的原因入手。这样，才能最终追踪到它与读者深层心理的隐秘联系，从而揭示它的象征意义。

在《狮子王》中，倘若审视我们的观看心理就会发现，我们不仅站在辛巴的角度渴望他为父亲报仇，也会站在木法沙的角度渴望儿子为自己报仇。

父亲与儿子的情结在这里又表现出一种对应性。

在孙悟空那里，我们看到了儿子要在父亲面前证明自己的情结；而在木法沙这里，我们看到了父亲要在儿子面前证明自己的情结。更进一步，在《狮子王》中，我们看到儿子有把父亲尊为神与宗教的情结；父亲有把自己化为神与宗教的情结。

这种情结的对应性，正是我们分析童话与人格中珍贵的发现。

父与子是一对重要的关系。它在儿子心中产生强烈的情结，也必定在父亲那里产生同样强烈的情结。

在古往今来的历史上，我们看到很多儿子把报杀父之仇当作终生大事，锲而不舍，矢志不渝。我们又看到，很多遭受迫害的父亲将为己报仇的嘱托当作首要的遗训留给儿子。在这些故事中，父亲的遗愿不仅是因为儿子最能为他报仇，也是因为他内心最渴望儿子为他报仇。

狮子王木法沙被人谋害了，这时，作为父亲的观众与木法沙怀有相同的愿望，那就是渴望辛巴为父报仇。

这是做父亲的强烈情结。

儿子报杀父之仇的故事之所以在千百年来成为一种很有力的故事，就是因为这里有着儿子与父亲的两种强烈情结。儿子渴望为父报仇的强烈情结我们在前面已经做了分析，而父亲渴望儿子为自己报仇的强烈情结也是值得揭示的。

因为从儿子诞生起，父亲就把他看作自己生命的延续；因为父亲曾为保护这个生命付出过很多；因为父亲从来就将儿子当作自己的继承者；因为父亲曾经对儿子有过的不安；因为父亲需要儿子的愧疚来洗刷自己的冤屈；因为父亲的人生结束就意味着为儿子做出了牺牲；因为父亲死后就是神，就是宗教，有权力要求儿子的崇敬；因为父亲的死，儿子对父亲曾经有过的全部不满都将消散，而对父亲的忏悔、歉疚、感激都将激增；所以，父亲有足够的理由要求儿子实现为父报仇的遗愿。他将遗产交给儿子的同时，儿子也有责任将遗愿一同接收过去。

父亲的死亡，使父亲的权威得到了至高无上的表现。

父亲渴望儿子为自己报仇，也就是渴望儿子对自己的全部付出做出报答。

与此同时，父亲将为自己报仇的遗愿托付给跪伏在旁的儿子，这还是一个生命的交接。

父亲曾经远比幼小的儿子强大，保护着他，管教着他，统治着他。儿子逐渐长大了，开始与父亲分庭抗礼。父亲一天天衰老了，弱小了，强大的儿子显出了对父亲的优势，甚至成了父亲的保护者。临终时的父亲衰弱得就像小婴孩，他在弱小的状态中希望得到儿子的保护。

儿子便带着这个伟大的责任出发了。辛巴就这样走上了为父报仇的道路。

《狮子王》是父与子的故事，它对母亲的忽略，不过表明现代西方同样存在着大男子主义。《狮子王》也是一个大男子主义的童话，女人无论是母亲还是女友，不过起着陪衬作用。它全部深刻的心理内涵，都是在父与子的关系中展开的。

这或许可以非常简单化地说成一个现代西方的俄狄浦斯故事。然而，正如前面分析的那样，这里无疑包含着远比弗洛伊德所说的俄狄浦斯情结更丰富的心理内容。现代的文化将父与子的关系做了完整的铸造，儿子的情结与父亲的情结都以更堂皇的方式表现出来。人类的道德伦理文化不仅规范出了现代的社会生活，也规范出了现代的童话故事。

当年轻的狮子王辛巴披戴着国家利益、社会责任、历史进步等道义的光辉走上为父报仇、为己洗冤的奋斗道路时，我们看到的是一个现代西方世界中儿子的故事。这显然又是父亲写出的故事，所以，我们还看到了父亲的意志。

做父亲的意识到自己必将退出历史舞台，要听任儿子们书写未来，但同时又希望自己的声音能够长久地笼罩着未来的世界；而做儿子的则通过看来极为正当合法而又不乏曲折的过程取代父亲的位置，成为世界的主宰。

他们需要的是一个没有父亲的世界。

第七章

《红楼梦》：贾宝玉的"护花神"情结

一

一部广泛流传的文学名著，往往和一个广泛流传的童话故事一样，隐含着一些最普遍、最强烈的情结。

古典文学名著《红楼梦》一直被中国文坛奉为本民族最伟大的小说。数百年来对这部作品有过各种各样的研究、考证、评论，以至在中国出现了专门的"红学"。

有人说，《红楼梦》在一定程度上是作者曹雪芹的自传，这有些道理。因为曹雪芹的经历确实和《红楼梦》中描述的生活有着相当多的类似之处。

有人说，《红楼梦》是对封建社会的深刻批判，当然也有道理。因为《红楼梦》以极为犀利的笔触描绘了中国封建社会的社会关系图画。在那里，阶级的倾轧、政治的倾轧、集团的倾轧，伦理道德体系的统治，各种各样的矛盾冲突，是我们了解中国封建社会的百科全书。

也有人说，《红楼梦》是中国最伟大的爱情悲剧小说，同样有道理。因为《红楼梦》的主人公贾宝玉和林黛玉确实表演了一个缠绵悱恻令人同情的爱情故事。

总之，对于《红楼梦》已经存在的各种评说，可能都有道理。

今天，我们并不想全面地评价《红楼梦》，我们只想说，《红楼梦》中隐含着作者的一个潜意识结构，我们将这个结构姑且称为"贾宝玉情结"。

二

对于"贾宝玉情结"，人们不一定都看得那么清楚。

我们相信曹雪芹对封建社会，对他所经历的封建社会的家族斗争、政治统治、人际关系的倾轧、人性的被压抑是有深刻认识的。我们相信曹雪芹在相当程度上自觉地运用了象征手段，用各种隐喻的方法对封建社会生活进行批判。这些象征手法遍布全篇，包括落实到许多人名的谐音处理上。我们相信曹雪芹对封建社会的人性压抑、爱情压抑所做的抨击，相信曹雪芹在这部作品中的被今人称为批判性的义愤。

然而，在他相当程度地有意识地做到这一切的过程中，他流露出了自身潜意识中的"贾宝玉情结"。

这个情结似乎由三个方面构成：

1. 仇父。

这当然不是一般意义上的仇父，用我们的话说，是文化化了的仇父。

他的仇父情结是和父亲所代表的整个封建社会的统治，那种君本位、父本位、官本位的统治相联系的。因此，他的仇父情结在某种程度上是政治化、社会化了的，是包含着社会批判精神的。

但确实同时表现为仇父，而且是有血有肉地仇父。

2. 恋母。

恋母情结在《红楼梦》中是以比较隐蔽、宽泛的方式表现出来的。它在贾宝玉和生母王夫人的关系中体现得不十分显著，因此常常被忽略。而在贾宝玉和贾母的关系中倒有一种变相的体现，但不是最重要的表现。

最重要的表现是他和众多年轻女性的交往。可以说，在和身边相当多女性的交往中，对方都扮演着小母亲的角色。

在《红楼梦》中，林黛玉并不能说是贾宝玉真正的爱人。当今人把宝黛之间的爱情作为主线研究的时候，这只是小说外在的情节结构；如果按照真实情感的逻辑深刻体会，那么，贾宝玉对林黛玉并没有那种真正性意味的爱情。他与林黛玉有的是两小无猜、争嘴斗闹的精神刺激。

倒是袭人与他的关系体现着贾宝玉真正需要和依恋的女性情感。袭人这类女性的存在，对贾宝玉而言还都是小母亲的角色，在对他爱抚、哄慰的同时，还提供着性的奉献。贾宝玉在《红楼梦》中首次或者说真正发生性关系的对象，恰恰是袭人而不是别的人，这种情节上的自然安排恰恰是潜意识所为。

当有些人把薛宝钗和林黛玉放在一起，看作合二为一的形象，看作贾宝玉或者曹雪芹心目中理想爱人的时候，我们倒要说，不妨把宝钗、黛玉和袭人三位一体地放在一起研究更合适。

在这里，薛宝钗是正统观念上的、名分上的妻子形象。贾宝玉对她的需要，也只是名分、名誉和说法上的需要。贾宝玉对薛宝钗的暧昧态度，表明了曹雪芹对待封建正统礼教不得不接受甚至是自然而然接受的一面。

而林黛玉与贾宝玉的关系则是纯粹的精神生活，是少年玩笑游戏和精神上相互欣赏的伴侣。

一直呵护在身边的袭人却以更加家庭氛围的、男女性爱色彩的、充满情欲气息的面目出现在贾宝玉的生活中。这也是相当多的成熟男性读完《红楼梦》之后，在情感上更倾向的不是林黛玉、薛宝钗，而是袭人的原因，这其实是曹雪芹爱情观念潜意识流露的影响。

3. 企图占有一切可爱的女性。

当我们把贾宝玉说成是同情女性的"女权主义者"时，把贾宝玉的"女人是水做的，男人是泥做的"的说法当作贾宝玉在封建社会有着爱护女性、尊重女性的"民主意识"时，有可能是非常可笑的。贾宝玉对待女人的真正态度，是希望天下所有可爱的女孩子都归他所有。从这个意义上，他憎恨女孩子受到的其他一切男性社会的压迫和欺凌。

《红楼梦》中的大观园，为贾宝玉的这一情结提供了得以实现的王国。在这个女儿国中，作为唯一的男性，他实现了独占所有可爱女性的梦想。

即使再肯定曹雪芹对封建社会的批判意识，再肯定他在对封建社会的批判中所做的种种富有攻击性的象征安排，也不能掩饰他潜意识的这一真实流露。

认识了仇父、恋母、企图占有所有可爱女性的"贾宝玉情结"，丝毫不会影响我们对《红楼梦》整体价值的多方面评价。

我们只是说，"贾宝玉情结"是透视《红楼梦》不可缺少的一个层次，我们还会从《红楼梦》中发现更多的层次。

正是通过《红楼梦》，我们看到俄狄浦斯情结是社会化的，是文化化的，在《红楼梦》中的表现完全是"贾宝玉式"的，是结合了贾宝玉所处的中国封建社会的社会生活的。

三

我们将着重考察的，是贾宝玉男孩人格形成的规律。

首先，他虽然内心是敌视父亲贾政的，然而在行动上又是识时务者。在公开的场合，他总是努力在表面上顺从父亲的意志，满足父亲维持权威地位的心理需要。

这不仅表明父亲的权威在封建社会的绝对性，也表明作为一个男孩的贾宝玉在发展正常人格的过程中已经学会了如何正确对待父亲。

当然，在骨子里他对父亲是叛逆的。这既是儿童性质的俄狄浦斯情结，也带有那个时代的社会性质。他叛逆的是父亲的权威，又是父亲所代表的封建主义政治伦理道德文化。

而儿子能否实现对父亲的叛逆，就其童年的成长环境来讲，一个必要的条件就是母亲的庇护。

在这里，我们看到了对这一规律的注释。

作为母亲的王夫人自然是软弱的，她不足以抗衡丈夫贾政对贾宝玉的专横与严酷。倘若只有这个母亲，贾宝玉势必将软弱得多。然而，贾宝玉的祖母贾母站到了他的身后。正是封建主义文化使得贾母能够以足够有力的庇护对抗贾政对贾宝玉的专制。

这是封建大家庭的奇特现象。

在儿子和妻子面前，贾政是绝对的权威；然而面对贾母时，他又成为毕恭毕敬的儿子。正是这个特殊的家庭环境，使得贾宝玉在父亲面前形成了又顺从又叛逆的人格。

在中国的传统文化中，父亲的权威常常是绝对的，母亲很难抗衡他对儿子的专制。而在大家庭中享有最高权威的祖母，给了贾宝玉以有力的庇护。她有如现代家庭中强有力的母亲，安抚了儿子在父亲严酷统治下受到的心理创伤，发展起能够正确处理与父亲的关系、同时又敢于对父亲有所叛逆的人格。

当然，《红楼梦》中的贾宝玉只能对父亲明顺暗叛。倘若做父亲的贾政更软弱，做祖母的贾母更宠爱，贾宝玉对父亲的专制会表现出更大的叛逆精神来。

贾宝玉这个从小在众多丫鬟的照顾下成长起来的男孩，倒并没有那种从小在母亲的怀抱里成长起来的儿童的单一恋母情结。他与母亲王夫人的距离应该说是疏密得当的。王夫人对儿子也绝非过分溺爱。贾宝玉并没有畸形的恋母情结，他在众多的同龄女孩与男孩的生活环境中形成了正常的男性人格。

十岁以后的贾宝玉已经能够与同龄男女正确相处了。而对于不同年龄、不同辈分的男女，他也形成了正确相处的完善能力。

如果撇开对父亲贾政所代表的封建正统文化的批判不言，那么我们说，在贾宝玉人格成长的历史上，不仅贾母的庇护是必要的，父亲的严厉也是必要的。因为从祖母贾母到母亲王夫人以及环绕的丫鬟小厮们，都给了贾宝玉太多的宠爱与簇拥，那是一个会把男孩惯坏的溺爱环境。这时，一个严厉甚至有些专制的父亲的存在恰好与这一切平衡了。

从人格发展的条件来说，父亲贾政的严厉与祖母的宠爱并存是贾宝玉完整人格得以形成的必要条件。

再接着，我们就看到了贾宝玉特殊的人生态度，这个态度常常被一些红学家描述为贾宝玉的叛逆精神。

贾宝玉从内心深处拒绝接受父亲的正统教育，他对父亲教导的读书做官、孔孟正道表现出了极大的逆反，对父亲推崇的"四书""五经"厌恶之极，而对父亲极力贬斥的浓诗艳词、靡靡之音表现出浓烈兴趣。他显然不愿意走父亲指出的所谓正道。

结果，我们就看到了一个不愿去西天取经而宁愿缩在花果山中的"孙悟空"。

贾宝玉就缩在了大观园的女儿国中。《红楼梦》的故事在相当程度上是贾宝玉的故事，而贾宝玉的故事在相当程度上就是回避父亲指教、缩在大观园女子群中的故事。

从社会文化角度看，贾宝玉的这一表现确实可以说成对封建正统文化的反叛；然而，倘若从一个男孩人格成长的角度讲，也可以理解为一种"拒绝成年"的现象。

这是人格发展的一个特殊阶段。

这是青少年对儿童时代的眷恋，对成年的畏惧。

当我们一定要赋予贾宝玉过分明确的反封建色彩时，这其实在更大程度上只是表明贾宝玉在那个封建大家庭中人格成长的必然阶段，我们看到的是贾宝玉对整个成年人社会生活的畏惧。

这种"拒绝成年"的青少年时期的特征，在任何时代差不多都会以反对当时的正统主流文化的性质出现。就像现在"拒绝成年"的少年会沉溺在他们所喜爱的流行文化中，从而对抗父母所要灌输给他们的正统一样，贾宝玉也必然寻到那些被父亲贾政所批判的浓诗艳词作为精神依托。

从这个意义上讲，他的"拒绝成年"的反社会、反正统、反父权的倾向有了真正的社会性、文化性意义。当这些小男女手中偷偷传递着《西厢记》的戏本时，已经表明他们与张生、崔莺莺同样是封建社会的反叛者。

任何一个时代的儿子都有可能是父亲所坚持的正统的叛逆者。

再接着，我们看到有意思的事情是，当贾宝玉沉溺在女儿国中表现自己"拒绝成年"的小男孩叛逆精神时，他却在某种程度上成了一个有点成熟的大男人。他一方面是所有女孩子竞相照顾的小宠物，另一方面似乎又成了对所有女孩都负有保护责任的大男人。

在这里，我们看到了真正可以称之为"贾宝玉情结"的贾宝玉情结。

四

真正的"贾宝玉情结"也可以说成是"护花神"情结。

贾宝玉几乎是本能地对天下一切可爱的女子都怀有强烈的怜香惜玉、要充当保护神的情结。正像他的雅号"怡红公子"一样，他活在这个世界上，一个很大的心理冲动就是要使女孩们快乐怡悦。

对林黛玉、对袭人、对晴雯等最亲近的女孩们，他表现出了这种"护花神"情结。而在"投鼠忌器，宝玉瞒赃"的情节中，在"为平儿理妆""替香菱换裙"的情节中，则更充分地表现了在力所能及的范围内普及爱心的努力。即使越出力所能及的范围，这种情结也在无边无际地起着作用，他替一切受到命运欺凌的可爱女子惋惜和不平，常常因为鞭长莫及而咬牙切齿、长吁短叹。

这种"护花神"情结，我们在许多男人身上可以看到。

从一般意义上讲，相当多的男人多少有一点这种情结；但真正具有贾宝玉这样典型的"护花神"情结的男人只是一部分。

形成这种差别的一般性规律是，凡是那些面对女人世界比较成功的男人，可能有比较强烈的"护花神"情结；而面对女人世界比较失败的男人，常常缺乏这个情结。对于女人是具有足够的爱心，还是比较冷漠，似乎是"护花神"情结强弱的原因。

如果更深入地进行研究，我们就能对"护花神"情结的形成有一个比较全面的认识。

1. 它肯定来源于最初对母亲的爱恋，同时来源于最初对其他异性譬如同龄女孩的爱恋。

这种把母亲包括在内的对异性的爱恋本质上是排他的，是排斥父亲与其他男性的。从这一点上讲，这是企图占有一切他所爱恋女性的男孩情结的延伸。

在幼小的年龄，小男孩排斥父亲和一切男人与母亲的亲近。他有可能冲过去，把一切与母亲亲近的男人推开，而将自己插在其中。当那些男性对母亲的亲近变成欺侮时，他冲过去的行动就可能是护花神角色的最初萌芽。

2. 一般来说，对异性爱恋的排他性与对异性保护的责任感显然是有差异的。排他直接根源于爱恋，保护虽然也根源于爱恋，但无疑还要有其他的心理内容。

幼小的男孩对母亲或者对其他异性的爱恋，最初的表现是排他性，而远没有什么"护花神"情结。"护花神"情结是成熟有力的男性角色才拥有的。

这是一个小男孩逐渐成长为真正男人的过程中形成的。在很多时候，就是在对父亲的模仿和学习中形成的。

广泛地说，则是对整个男人角色的学习。

父亲对母亲的保护，这个世界其他男人对女人的保护，稍微大一些的儿童中男孩对女孩的保护，这一切，让他学习到了保护女性的男人角色。

3. 这种角色最直接的来源，是一个有着小妹妹的小男孩的兄长地位。

从小带着妹妹们生活的小男孩，会在心中根深蒂固地种下"护花神"情结。他们曾一次又一次在妹妹啼哭时冲过去尽保护的责任，也可能是将妹妹从跌倒的土地上抱起来，也可能是将让妹妹害怕的毛毛虫踩死，也可能是挥起拳头去教训那些欺负妹妹的男孩，这一切都使这个小哥哥越来越具有了保护妹妹的强烈情结。这种情结很容易延伸到一切女孩身上，成为带有广泛意义的"护花神"情结。

从这个意义上讲，"护花神"情结是哥哥对妹妹的情结。

4. 即使没有亲妹妹，倘若一个小男孩的生活环境中有比较多的同龄女孩与之相厮磨，他从这些女孩中得到友情，得到信赖，同样给他提供了类似的做哥哥的环境。他依然能在学习中形成充分的哥哥角色，去保护那些需要他保护的妹妹。

贾宝玉从小就在这样的女儿国中成长起来。

无论这些女孩比他年幼还是年长，在和她们的厮混中，他既是小弟弟，也是小哥哥。他受到她们的照顾，又由于"宝二爷"的身份反过来成为照顾她们的"大男人"。

这是贾宝玉"护花神"情结得以形成的又一个重要原因。

从这个角度可以说，从小没有当过哥哥、从小没有得到小女孩亲近、友爱、信赖的男孩子，很难形成像贾宝玉这样典型的"护花神"

情结。

5. 从本质上讲，哥哥的角色就是小父亲的角色。这是很容易从父亲以及其他父辈男性们那里学习到的角色。"护花神"情结强烈的人，常常是父亲心理比较完备的男人。

那些一辈子只想做儿子的小男人，有时候来不及做普降及时雨的护花神，他们只想得到女性的照顾，却无暇去照顾女性；而面对女人世界具有父亲角色的大男人，则比较容易扮演护花神的角色，因为他们时时有张开雄性的羽翼保护女性的本能。

贾宝玉正是在从小的生活环境中形成了强烈的"护花神"情结。他对生活中特别是婚姻中不如意的可爱女子有着强烈的爱怜之心，为此而牵动感情，是典型的"多情公子"。

在现实生活中，我们也可以看到这样的典型。

他们或许不像贾宝玉那样风流倜傥，然而，这种情结却时时牵动着他们，使他们对可怜可爱的女人发出此起彼伏的叹惋，为她们的不平遭遇扼腕。他们常常可能做出类似贾宝玉的护花神举动，为他所怜爱的女子提供帮助。

认识"贾宝玉情结"，认识这种情结的一般性表现，特别是认识这种情结的典型表现，无疑是男人认识自己和女人认识男人的必要智慧。

第八章

《安娜·卡列尼娜》：托尔斯泰的忏悔情结

一

我们将目光转向举世公认的文学名著《安娜·卡列尼娜》。

正像这部作品的开篇引文"伸冤在我，我必报应"那样，托尔斯泰最初想描写的是一个堕落的女人，不爱家庭，没有责任感，为了情爱抛弃了丈夫和孩子，遭整个上流社会唾弃，最终因痛苦走向死亡。但作品问世之后，却被千千万万的读者称之为最美丽的爱情故事，是同情女性、理解女性的伟大作品。

对于这部俄罗斯名著所包含的社会学、文学及美学意义，可以做出各种各样的论述。今天，我们只想指出一个不为人所注意的"托尔斯泰情结"。

我们知道，在《安娜·卡列尼娜》这部书中存在两个男主人公，伏伦斯基、列文，从某种意义上讲，这是托尔斯泰将自己一分为二构成的：伏伦斯基代表他人性的一面；列文代表另一面。

当他分别用这两面面对安娜和吉蒂时，这里隐含的一层意义，是作者的爱情婚姻观念：他把安娜当作自己真正对之有情欲的爱人，而把吉蒂当作名正言顺的妻子。在面对安娜这样的女人时，作者是一个充满情欲、追求享受的野性男人；在面对吉蒂时，他是一个要装模作样地生存在社会的规矩男人。

正是用安娜和吉蒂这两个女性与伏伦斯基、列文（也即作者人格）的两面性对应，表达了托尔斯泰完整的爱情婚姻观。他要找一个纯洁的、被社会所认可的女人做妻子。然而，真正的爱情只能与充满性感刺激和女性魅力的人共享。有关这个女人的名声、名分是无关紧要的。也许这种名声、名分上的名不正言不顺，恰恰刺激着他的情欲。

安娜死了，这或许是现实主义的力量，是生活本身的安排，在小说中，这个安排或许是顺理成章的自然逻辑。

然而，我们仍要说，是潜意识决定着一切。当托尔斯泰安排安娜的死亡结局时，不过表明了作者在潜意识中对安娜这类女性的态度，安娜只能死。

正是安娜的死，使伏伦斯基产生了忏悔。在这里，与其说是伏伦斯基产生了忏悔，不如说是托尔斯泰产生了忏悔。

在托尔斯泰将安娜的命运做了这样的安排之后，作者这一忏悔的潜意识就像图画般展现出来。当安娜在想象中手举蜡烛朦胧走过什么画面的时候，当安娜绝望地卧向铁轨时，作品流露出了作者对女人的深刻忏悔情结。

这一情结在他的另一部文学名著《复活》中以更加完整的方式表现出来：《复活》中的聂赫留朵夫依然可以看作托尔斯泰的化身。

在《复活》中，依然是一个堕落的女人，依然是一个忏悔的男人。男人之所以忏悔，是因为女人的堕落与他有关，正如《安娜·卡列尼娜》中安娜之死亡与伏伦斯基有关一样。

正是在《安娜·卡列尼娜》与《复活》的联系对应中，我们看到了托尔斯泰完整的爱情观和婚姻观。

在《复活》中，聂赫留朵夫最终未能与玛丝洛娃结婚，也表明了托尔斯泰在《安娜·卡列尼娜》中同样的婚姻观：作为上流社会的体面男人，他只能娶吉蒂为妻；但作为一个有着热烈爱欲的男人，他渴望着安娜和贪恋着玛丝洛娃。然而，这种激情会毁了一个体面男人的身家事业。故事最终只能以女性的毁灭或者牺牲为结束；在接受了这个牺牲之后，男人献出自己的忏悔。

在这个意义上，我们可以说，为自己对女性的忏悔写作是托尔斯泰伟大的创作动力之一。这个忏悔又与他深刻、矛盾的婚姻家庭观相联系，他要名正言顺的妻子，却渴望充满情欲和刺激的情人。

这一情结其实与中国的《红楼梦》中贾宝玉对薛宝钗、林黛玉、袭人的关系如出一辙。在《红楼梦》的爱情演绎中，终于是宝玉和宝钗成婚，这表明了正统婚姻观念在《红楼梦》中的胜利。同样，在《红楼梦》中，让林黛玉作为精神的爱人为他而死，让袭人作为肉体的情欲为他牺牲。

贾宝玉对女人的怜爱其实也包含着忏悔。在某种意义上，《红楼梦》也是曹雪芹对女性忏悔心理自然流露的文学作品。

当我们用这样的眼光俯瞰伟大的托尔斯泰时，就会清楚地看到在其众多作品中都潜含着的一个基本情结，也便看到了托尔斯泰所处的社会在爱情婚姻上的巨大矛盾——真实情感和顾及利害的理性选择之间的矛盾。

这其实是近代社会中相当多的男性都面临的矛盾。它终于通过托尔斯泰的作品表现了出来。

当然，关于托尔斯泰的作品，关于曹雪芹的作品，我们还可以做更多的类似剖析，这里要说明的是，所谓"贾宝玉情结""托尔斯泰情结"不过是这些伟大作品的一个层面。

透过这些伟大作品的表面理性框架，能发现很多深藏的潜意识结构。这些结构就像我们分析《西游记》一样，同样会体现出多层次的象征意义。

最终是聂赫留朵夫不想和玛丝洛娃结婚，所以有了《复活》的安排。

最终是伏伦斯基要把安娜作为包袱甩掉，只有安娜的卧轨自杀是他唯一能够接受的方式——他并不愿意安娜以其他方式，比如又寻到了另外的情人而离开他——他也因为这种结局献出了更多的忏悔。

托尔斯泰对待女人的态度应该说充满了矛盾，也充满了"伪善"，这是近代社会中相当多的男人的"伪善"。

公平地说，这是不应该原谅和饶恕的"伪善"。

二

人类历史上许多崇高道义的行为来源于忏悔，而忏悔来源于道德上的亏欠与罪过感。

这是相当普遍的规律。

托尔斯泰在《安娜·卡列尼娜》与《复活》这两部书中确实体现了一个潜意识情结，他有着对女人的罪恶感，他在为忏悔而写作，为赎罪而写作。

就实质而言，他是在解决自己心理的一个矛盾冲突。这种内心的情结一般看来可能并不显得多么惨烈，考察托尔斯泰的一生，或许很难发现有什么记载在案的强有力事件，使得他对女人产生如此强烈的忏悔和赎罪心理。

然而，人类的心理就是这样，有些看来已经被理智掩盖过去的生活，一些似乎被时光淹没的往事，却深深地沉入潜意识。当梦思维和艺术思维展开时，它就泛滥起来。

托尔斯泰正是在艺术的写作中真实地表现出了这个强烈的情结。

一个作家用一生的主要作品写一个相同的故事，写一个相同的旋律，绝非偶然。

他的作品还在更深刻的意义上把男主人公对女性的伤害归咎于社会，是社会造成了男性的懦弱与自私，是社会扼杀了安娜·卡列尼娜和玛丝洛娃。这种归咎应该说是正当的逻辑。

然而，正因为比这归咎更深刻的潜意识是他的忏悔心理，才使得他对社会的批判具有如此痛切的强度。

人的心理常常会以转换的形式表现出来，托尔斯泰及其小说中的主人公，正是因为忏悔的心理需要（以淡化自己的罪恶感），所以尤其要在批判罪恶社会的过程中表现出正气凛然。

批判了社会，就能在精神上解脱自己。

小说中的这个逻辑非常像生活中的真实逻辑：一个男人，处在聂赫留朵夫、伏伦斯基的境地，只有在对社会做出批判的同时获得凛然正义感，才能够使自己的罪恶感减轻，得到心灵上的平衡。这是《安娜·卡列尼娜》和《复活》这两部书表现出的文学面貌的根源。

可以说，《安娜·卡列尼娜》和《复活》使得一大批具有"聂赫留朵夫情结"的男人在作品中得到一次解决人生矛盾的满足。

在这个世界上，相当多的男人有着"聂赫留朵夫情结"。他们超越道德规范与约束，去追求、勾引、占有女人；又由于功利的考虑、道德的压力或者其他种种社会规范，做出了伤害女人的行为。由此，他们产生了深刻的、不一定为自己所觉察的罪恶感、忏悔心理和赎罪的需要。

托尔斯泰的作品帮助他们解决了这个矛盾，使他们既重温了追逐女人的幸福与快感，又释放了对女人的忏悔心理；一旦把责任加给社会，对社会进行义正词严的审判，便解脱了自己。

托尔斯泰的小说让许许多多的男人"经历"了一回聂赫留朵夫的故事，使他们在艺术的梦幻中解决了内心的冲突。

即使对于那些没有经历过这种人生故事的男人，他们内心的感情结构也很容易和聂赫留朵夫相共鸣。这是近代社会文化造成的共同结构。因此，对这部分男性读者而言，他们同样在一个未来时的意义上解决了这个矛盾。

三

"托尔斯泰情结"或者说伏伦斯基、聂赫留朵夫情结，本质上是男人的忏悔情结。这是近现代相当一些在女人世界中得到成功的男人经常会产生的情结。

这是一种特别值得重视的人文景观。

考察这种情结的发生，我们可以看到如下原因：

1. 男人对女人的歉疚首先是由母爱铸造成的，它根植于对母亲的歉疚。这是一个从小在母爱关照下成长起来的男孩容易产生的歉疚。

母亲给予儿子很多爱，儿子对母亲却少有报答。这种报答在童年因为无力而不曾做到，长大以后又因为无意没有足够地做到。倘若母亲的爱格外博大无私，儿子在从小到大的生活中又对母亲有过很多任性、拖累乃至伤害，母亲却一如既往地春天般温暖地呵护着儿子，这时儿子自然会对母亲产生深深的歉疚。

这种歉疚常常可能是不自觉的，特别是当母亲始终幸福地面对着儿子毫无怨言时，儿子表面上似乎也在安然领受这一切。然而，在潜意识中却可能深深埋藏了对母亲的歉疚。

这个世界应该是对等交换爱心的世界。儿子亏欠了母亲时，虽然他与母亲在理智上都不曾觉察，潜意识却已经在支配他的心理活动了。

作为对这个真理的反证，我们可以举出很多例证：倘若一个男孩从小没有得到必要的母爱，甚至遭到毫无道理的遗弃，那么，他不但很难形成对女人歉疚的"托尔斯泰情结"，甚至可能相反，认为女性世界亏欠了他，他总是对女人有一种无名的恶狠狠的敌意。

2. 一个在充分母爱下成长起来的男孩，后来又得到了更多的女性关照，他被女性的爱情所铸造，可能成为与女性交往的成功者。女性给予他很多，他给予女性较少，结果，他对女人有了亏欠。

就像安娜·卡列尼娜给了伏伦斯基很多，伏伦斯基却远没有等量地回报。就像玛丝洛娃将自己的一切献给了聂赫留朵夫，聂赫留朵夫却在一夜情欲后扬长而去。

被女人爱恋的男人，却亏欠了女人。

在女人面前成功的男人，有可能是掠夺了女人的男人。

这种感情上的"不平等交换"，有时会以安娜·卡列尼娜的卧轨自杀、玛丝洛娃的畸形堕落等方式向掠夺她的男人发出强烈的控诉；在更多的时候，女人们似乎顺从着命运的摆布，有的女人甚至还在美好的怀念中久久地眷恋着那些曾经掠夺了她们的纯情而又扬长而去的男人。

这时，成功的男人是很少明确地忏悔的，他们还在我行我素地生活。

然而，平等交往的法则却无所不在地支配着一切，感情上的不平等交换已经在这些成功的男人潜意识中铸造了深刻的自疚心理。他们亏欠了女人，他们便有了不安与罪恶感。

最终，形成了"托尔斯泰情结"。

这是对女人忏悔的情结。

它可能长久地隐蔽在心灵深处，一遇机会就会不可遏制地流露出来，产生忏悔和赎罪的行动。

3. 怀有对女性忏悔情结的男人，常常还有更多的心理原因。他们在与女性不平等的感情交往中，不仅会使用他的优越感光明正大地掠夺对方——就像伏伦斯基所做的那样，有时还会运用很多不道德的手法，包括欺骗。

当一个所谓"成功"的男人在掠夺女性感情时，倘若运用了这些不正当手段，他的自疚就带有了新的道德内容。

这是近现代社会中经常看得见的生活画面。

4. 男人对女人的歉疚心理，本质上是道德伦理的自责。

"托尔斯泰情结"所概括的忏悔心理，是离不开近现代社会的伦理道德为核心的社会文化的。

在一个绝对轻视女性、视女性为奴隶的社会里，男人无从形成对女人的忏悔情结。就像我们在古代很多民族的记载中，经常读到将女性视为牛马的文字。在那些远古的文字中，女人是低贱的、邪恶的，常常是罪恶和祸害的根源。

然而，近现代形成的新文明使女性一点点争得了与男性接近平等的地位，在这种文化背景下，男人对女人感情上的不平等交换，男人对女人爱情的无偿占有，必然造成深刻的亏欠心理。

这种亏欠心理折磨着男人的心灵，他们必然忏悔。

四

他们开始了忏悔行动。他们不一定自觉，也不一定被社会明究底细。

他们往往会成为歌颂女性最积极的力量。

女性是伟大的，女性是崇高的，女性是善良的。在文学作品中，男人的忏悔化成了讴歌女性的文字。这些歌颂表面来源于对女性的客观认识，其实是男人忏悔、赎罪最光明的表现。

怀有"托尔斯泰情结"的男人，必定对女性表现出最大的宽容。

在这个世界上，无论在何种领域、课题上，只要涉及对女性的评价，他们总会比社会的平均尺度更宽厚。对于男女发生冲突的社会现象，他们绝对会将更大的同情放在女性一边。他们总会将责任更多地归咎于男人，无论是针对男女需要共同承担的社会责任，还是针对男女在感情、婚姻、离异等方面的矛盾冲突，都会将开脱更多地赋予女人。

倘若遇到女人堕落的现象，他们常常坚定地把堕落的原因更多地归咎于加害她们的男人，归咎于这个男人统治的社会。当社会一般舆论发出对这些"堕落"女子的批判时，他们则会发出更深刻的声音，指出这些堕落现象背后的社会根源。

更进一步，对于那些歧视女性的大男子主义，怀有"托尔斯泰情结"的男人很有可能成为抨击他们的先锋力量。

他们不一定是女权主义者，却可能成为批判畸形男权的先知先觉者。社会给予女性的任何不平等待遇，他们都有发自感情深处的不平。当女人被污辱和被损害时，他们就决心教训那些歧视女性的男人，以捍卫女子的尊严。

在文化思想领域乃至现实生活中，怀有这种情结的男人还常常尖锐揭露男子在爱情上的伪善表现。他们对男性与女性交往中的任何掠夺性行为都有强烈的敏感与反应。他们对男人"欺负"女人的行径常常给予坚决的揭露与批判。

这样，就出现了一些为现代社会所接受、令女性所敬重的品德高尚的男人形象。

他们在某种程度上表现出了现代意义的"护花神"情结。

对女人忏悔的"托尔斯泰情结"与贾宝玉的"护花神"情结是两个不同的情结，形成的心理机制也有所不同，然而，它们之间有着连通，在"托尔斯泰情结"的基础上，很容易产生贾宝玉的"护花神情结"。

"托尔斯泰情结"是在近现代社会文化的大背景中，在特殊的童年经历基础上形成的成年人的情结。

这是一个强有力地支配着为数不算很少的男人的人生行为的情结。认清这个情结，是认清很多人格面貌、洞察很多社会文化现象所必要的。

第九章

叛逆人格：遗传、文化与家庭环境

一

叛逆人格是特别值得注意的人格类型。无论在社会政治历史还是在思想哲学史、科学史、文学艺术史中，叛逆人格都有着色彩纷呈的表现。

有叛逆人格的人在社会生活各个领域都表现出叛逆的精神、叛逆的行为。他们对正统的社会秩序，思想秩序，科学、文学、艺术秩序，总是予以藐视和挑战，破坏和革命常常由这批人率先发起。

对叛逆人格的心理学研究，无疑有着特别的意义。

让我们探究叛逆人格的形成原因。

从人格心理学的一般理论出发，首先会想到遗传因素。

不同父母生下的孩子，可能在心理上先天就有了不同的遗传基因。有些人可能生来就属于急躁、敏锐、活跃的性格，他们显然比那些性格缓慢、迟钝、呆板的人更容易走向叛逆。豹子的后代与绵羊的后代，天性就有差别。这种比喻虽然要加以极为谨慎的限制，然而，也多少说明遗传基因是叛逆人格形成的原因之一。

对于这一点，只要多少结合现实中的个案考察，就能够发现。

一对生性善良温和、孱弱绵软的夫妇养育的孩子，从遗传基因上就可能离叛逆人格较远；而一对性格凶悍强健、野蛮泼辣的夫妻生下的孩子，从遗传基因上讲可能离叛逆人格近一些。这不能不说有一定程度的道理。

接着，就是社会文化因素。不同的社会、不同的时代，对人格有着不同的影响。

例如，在中国稳定繁荣的封建时期，正统力量的统治十分强大有力，渗透着社会的每一个角落与家庭细胞，在那里铸造着人的人格发展历史，这一时期叛逆人格相对较少。平稳而保守的社会文化现状，从小到大笼罩着人的人格形成历史。在这种社会文化模式中铸造出来的人，更多的是顺从正统。

而在社会动荡时期，正统的社会文化统治到处风雨飘摇，这时，不仅各种叛逆的社会力量与人物风起云涌，而且在不断制造着新的叛逆人格。

至于到了封建社会末期，正统的社会文化面临土崩瓦解，叛逆的潮流从四面八方席卷而起，这样的时代自然铸造着比以往多得多的叛逆人格，而大量的叛逆人格又汇成叛逆的潮流。

倘若对社会文化因素的考察再深入一步，我们就会发现，叛逆人格不仅因社会、时代不同而不同，还会因阶级、阶层的不同而不同。那些革命的、叛逆的阶级与阶层，必然以众多的叛逆人格表现出来；而那些正统的阶级与阶层，则更多地充斥着保守人格。

社会文化对人格的形成有着重大的决定作用，它会以各种具体的形式渗透到每一个家庭，铸造着每一个人。

然而，现在要提出的问题是，在同一民族、同一时代乃至同一阶层，为什么有些人拥有坚守正统的保守人格，而有些人却形成了反叛正统的叛逆人格？除了遗传基因这个因素之外，到底还有哪些具体的人生环境因素在铸造着叛逆人格？

二

这就势必进入每个人成长的儿童时代，进入具体的家庭环境分析。

联想本书在前面章节中已经做过的人格形成历史的分析，我们直截了当地得到第一个结论，叛逆人格是儿子在"抗父"过程中形成的。

倘若父亲十分慈祥，对儿子充满父爱，甚至还因妻子抛弃孩子而把抚养的责任全部善良地承担起来，那么，父与子的关系大多比较和顺，较少形成抗父的叛逆人格。

倘若父亲十分强大而且专横，对母亲有颐指气使的支配权，儿子在父亲的统治下，既得不到母亲的庇护，也得不到像贾宝玉在贾母那儿得到的其他人的庇护，那么，儿子与父亲的对立是没有任何力量基础的。他便可能在父亲的专横下，逐渐形成战战兢兢的怯懦人格。

倘若父母都十分和善，对儿子的态度得当，或者母亲慈爱而强大，父亲软弱而顺从，也绝非叛逆人格得以成长的环境。

叛逆人格得以形成的家庭环境，一是父亲对儿子的态度比较粗暴，比较严厉，比较专制，儿子和父亲的关系从小比较敌对；二是母亲对儿子足够慈爱，而且有力量抗衡丈夫的专横，给予儿子应有的庇护。在这种家庭中成长起来的男孩，便有可能不得不抗父又敢于抗父。

父亲代表正统，代表秩序，代表权力；抗父的过程就是叛逆的过程，叛逆的人格得以在叛逆的过程中形成。

与正统相对抗，又有力量与正统相对抗，这是叛逆人格形成的两个必要条件。

当他们以叛逆精神破坏旧秩序时，也比较善于建立新秩序。无论在社会政治领域，还是在思想、科学、文学、艺术领域，他们的叛逆行为总是显出更高的组织性与策略性。他们并不是放一把火，做一个破坏秩序的恶作剧；他们更倾向于争取除旧布新的胜利。

三

形成叛逆人格的另一种童年家庭环境，是父母对孩子的娇纵。

如果我们把上面所述叛逆人格说成是"抗父型"，那么以下这种叛逆人格就可以说是"娇纵型"了。

当父母均对儿子实施过滥的宠爱、娇惯、放纵时，儿子就会形成"娇纵型"的叛逆人格。他从小任性，为所欲为，稍不顺心就大哭大闹，每次哭闹都以大人的屈服而告终。

由于在家庭环境中没有接受过正统秩序的必要规范，在童年时代与社会的各种规范发生冲突时，便种下任意胡来的娇纵种子。倘若父母再一味地放纵袒护，就更加铸成了无法无天的人格。

然而，父母的力量总是有限度的。随着他越长越大，其行动终于超越了父母袒护的半径，必然会和社会秩序发生冲突，接二连三地碰壁。

在接连的碰壁中，自小形成的娇纵人格受到考验。

倘若他还比较年轻，没有完全定型，又无法寻求父母的袒护，就不得不收缩起来。接二连三的有力打击，会使他束手无策。回头张望，父母的庇护已十分遥远，不能有任何期待，他只能面对现实重新学习在社会中生活。这时，他可能变成一个相当懦弱的人，这种懦弱因为屡屡的失败而使他永世不得翻身。

也可能他会较好地适应环境，同时在心中隐埋着叛逆的种子。一遇适当条件，会偶尔露出其叛逆的本性。

倘若当社会的教训降临时，他已经比较年长，娇纵的人格已经比较定型，他就会顽强地与社会秩序对抗。

任何人在对抗的过程中自然都要学会适应，他的适应却常常表现为用各种手段与策略暂求生存。他可能一生都处在对正统秩序的反抗中。如果可能，他会极力借助父母的每一点权势，一旦父母不得不站出来教训他顺应社会秩序时，他就可能与父母对抗，成为所谓的"不肖子孙"。

这种"娇纵型"的叛逆者，一般不善于理智地判断事物，也不善于恰如其分地处理人事关系，他的叛逆人格往往表现出任性一时的破坏性，而缺乏组织性与策略性。

倘若他在生活的磨炼中变成了一个大体顺应社会潮流的人，也常常会显出桀骜不驯。不论他如何委曲求全地依顺于某一种权势，内在的桀骜不驯都会使他经常做出叛逆行为。任何归顺与忠诚都是被迫的、暂时的，而叛逆的野心则是一有机会就会暴露的。

这种叛逆人格经常让我们想到社会政治史和思想文化史上那些桀骜不驯又见风使舵、变幻无常的人。《三国演义》中那位最终企图叛变的蜀国大将魏延或许就是这样的人物。

四

分析不同叛逆人格得以形成的童年家庭环境，还有一种叛逆人格可以称为"捣乱型"。它在一些情况下同样是被父母的溺爱、宠惯、放纵培养起来的（当然还有多种情况，例如在兄弟姐妹中得不到父母公平待遇的被忽略的儿童也可能走上"捣乱"的道路）。

在这个世界上，很多儿童因为"听话"而得到夸奖，并由此成为学习优秀、品德出众的人。他们用"听话"赢得了世界的注意，赢得了他们的光荣。

然而，我们还会注意到另一种现象，在娇惯孩子的家庭中，孩子常常会以与听话完全相反的方式吸引大人的注意。

一家几代人，在客厅里一边看电视一边闲谈，小男孩在一边独自玩耍，没有人关注他。这时，他突然走过去将电视频道毫无理由地改换了，并把音量开大到震耳欲聋，这时，一家人便都会注意到他的存在了，他们会立刻停止正在议论的话题，将目光投向小男孩。

有人规劝男孩把电视音量开小一点，他拒不服从继续捣乱。这时，爷爷奶奶、父亲母亲都争相伸出手去拉他抱他，经过一番挣扎，他终于半情愿半不情愿地坐到了大人怀抱里，大人们便一边抚摸着他、哄慰着他、玩逗着他，一边又继续着刚才的谈话。

当大人的注意力又一次逐渐从小男孩的身上脱离时，这个在奶奶或者母亲大腿上被颠着哄着安分了一会儿的小男孩，可能会挣扎着下来，跑到另一个房间里去玩了。大人们似乎松了口气。

然而，不一会儿，隔壁传来茶杯摔碎的刺耳声响。一家人都可能着急地站起来跑过去照看。茶杯是摔碎了，水是洒了一地，可能有一两句指责，更多的是关心小男孩是否受了伤。小男孩站在那里沉默不语，大人们会把他的手拉过来，在灯光下反复查看。接着，就有人将小男孩拉开，让他不要踩到玻璃碎片上，有人去拿簸箕、扫帚和墩布来收拾现场。

全家人忙得团团转，再一次把捣乱的小男孩簇拥起来，这一次，大人不敢再像刚才那样忽略他，为了防止他再跑到什么地方惹是生非，便把他当作中心，哄慰着逗他开心。

以"捣乱"引起大人关注的策略，是一些儿童在娇惯的家庭中越来越固定的行为模式。

其表现是多种多样的。一家人吃饭，他可以用不吃饭、跑到一边去玩玩具来引发大人们的哄慰与关注，当他最终勉强回到饭桌上时，大人们便把照顾他吃饭作为中心任务。

在"捣乱"中屡屡赢得世界关注的条件下成长起来的男孩，也便形成了这种"捣乱型"的特殊叛逆人格。

当然，儿童最终会长大的，他毕竟要适应家庭以外的世界。社会上的人们绝不会像爷爷奶奶、父亲母亲那样宠爱他，不是世界适应他，而是他必须适应世界；然而，已经造就的人格却会使他在适应世界的生活中屡屡表现出叛逆。

他可能不屑于或者不善于用"听话"赢得赞赏。当很多人以"听话"的方式赢得各自的成就时，他往往更加受到刺激。在这条路上竞赛，他绝对是落后者。他没有那么多的耐心毅力，也没有那么多创造建设的能力。他便寻找"捣乱"的机会。

一个小男孩坐在家中安安静静地搭积木，无论他搭得多么好，都可能被说说笑笑的大人们所忽视；而当他一挥手将积木扫落一地时，却引起了全体大人的关注。

成年后的叛逆人格重复着童年的体验，他极力寻找的是进攻与破坏。当然，这些破坏如何不成为犯罪而成为光荣，则是他思来想去的事情。

然而，有一件事是确定的，那就是这种叛逆人格有一种本能的渴望，通过"捣乱"、破坏而不是通过建设来赢得世界的关注。

五

在上述几种叛逆人格中，"抗父型"无疑是主要的一种。

而作为抗父型的一种转化形式，则是"抗兄型"。

在多子女的家庭中，作为老大的哥哥常常在一定程度上占据了"小父亲"的位置，他在弟弟妹妹面前会模仿和继承父亲的权威，占据着"小统治者"的地位，而弟弟们常常更直接地接受这个"小父亲"的统治。当哥哥可以用顺应正统、继承正统、模仿正统来维持自己小统治者的特权时，弟弟就只有在与哥哥的某种"对抗"中才能取得被父母更加注意和关照的位置。

在这里，我们注意到美国弗兰克·J. 萨洛韦所著的《天生反叛》一书，根据译者介绍，该书作者是美国哈佛大学科学史博士，麻省理工学院人脑与认知科学系研究学者，他专门从事这一课题研究达二十五年之久，对西方科学史（尤其是包括达尔文主义革命在内的几十次突破性科学革新与革命）和社会变革史（尤其是宗教改革运动和法国大革命）进行了深入研究和资料整理，搜集了六千多名重要历史人物的生平事迹，并对史实和有关假说用科学方法反复加以验证，目的是调查究竟是什么因素决定人们对待科学和社会变革的态度。

与很多学者的看法不同，萨洛韦得出结论：一个人倾向于支持还是反对科学和社会变革，其决定因素存在于家庭内部（即个人成长的环境，尤其是出生顺序，以及从而形成的个性），而不在于各个家庭之间（即社会经济地位）。

应该说，该书的观点是有特殊发现的，正像作者自己所说的那样："我的主要论点源自一个惊人的发现：一起长大的同胞几乎像出生于不同人家的人那样有着不同的个性。"他在书中提出的突出观点是，一个人人格的形成不仅与不同的家庭相关，而且与在同一个家庭内出生的顺序相关。是头生的还是后生的，或者是末生的，这个出生顺序对于每个孩子人格的形成具有特别重大的影响。就叛逆人格的形成而言，他认为，这有着头一位的影响。

作者这样指出："头生子女更易为权力和权威所认同，这是自然的。他们最先出现在家庭里，往往凭借着身高与体力上的优势维护着自己的特殊地位。与自己的弟妹们相比，头生子女更武断，与人交往中更好支配他人，更有雄心，更怕丧失自己的地位，也更善于采取防御的姿态。而后出生子女由于在家庭体系中处于劣势，往往对现状提出质疑，有时还会逐渐形成'革命性的个性'。后出生子女往往以革命的名义对他们所处时代认为是确立已久、理所当然的事情提出异议。历史上无畏的探险家、破除传统观念的人，还有持异端邪说者大都出自他们当中。"

作为严肃的学术研究，作者运用了大量历史统计资料论证了自己的结论。例如，我们特别有趣地看到，他对达尔文的学说引起的达尔文革命期间的科学立场做了分析与统计，得出的结论有很大的启示性。

达尔文的《物种起源》对于当时的正统科学界无疑是革命的、叛逆的新学说。对于这个叛逆的学说，相关的著名科学家做出了或支持或反对的不同反应。该分析统计表明：在反对达尔文这一革命性、叛逆性学说的十一名有代表性的科学家中，只有一个人是后出生的，其余十个人都是头生的，即在家中都是老大。也可以这样说，当时反对达尔文革命学说的保守集团中，头生的科学家占了绝对优势。这是别有意味的。

我们接着看到，在支持达尔文革命性学说的十二名具有代表性的科学家中，只有三个是头生的，在家中是老大，九个都是后出生的。这样我们就看到，在支持达尔文学说的革命集团中，后生的占了绝对优势。

还有一个持中间矛盾态度的科学家则还是头生的老大。

这样一个有关二十三名代表性科学家的统计，基本上把那一时期有权评价达尔文学说的最主要代表人物都概括在内了。这个统计无疑说明了保守人格与叛逆人格的形成与一个人从小在家庭中的出生顺序有不可忽略的相关性。该书的作者还用了更多的统计与分析论证这一点。

倘若从这个研究成果的启示出发去考察生活中各种生动的个案，我们就会发现，出生顺序确实在影响一个人保守还是叛逆的人格形成。

对于女孩，这种规律同样存在。

头生的女孩在家中就是"小母亲"，她会模仿和继承母亲的某种权威，带有某种正统的权力；后生的妹妹就很可能要在和姐姐的对抗中更多地发展叛逆人格。看到这些生活中的有趣现象，不禁使我们露出会意的微笑。

每个人都有人格，种种人格都与从小生长的家庭环境密切联系。当我们具有趋于正统的保守人格时，绝不要认为这是天经地义的，它不过是从小生活环境的铸造。当我们拥有渴望造反的叛逆人格时，同样不要以为这是天经地义的，它也是在从小的生活环境中铸造而成的。它不仅与我们和父母的关系相关，还与我们和兄弟姐妹的关系相关。当然，还与其他很多因素相关。

然而，绝无例外的是，一切人格都有与生俱来的形成过程与原因。

第十章

《渔夫和金鱼的故事》：小金鱼情结与渔夫妻子情结

一

　　《格林童话》中《渔夫与他的妻子》是流传最广的故事之一。普希金的叙事长诗《渔夫和金鱼的故事》是对它的改写，或者可以看成这个童话的另一种版本。

　　《格林童话》大都收集于民间，民间流传的故事原本可能超出一个民族、一个国家的界限而有各种版本。普希金的《渔夫和金鱼的故事》同格林的《渔夫与他的妻子》虽然有细节的差别，但在整体上却是基本相同的。

　　正像结构主义学者列维-斯特劳斯所讲的那样，神话（当然也应该包括像《格林童话》这样的童话）无论有多少不同的版本，它们在本质的意义上却是相同的。在所有的文学形式中，唯有神话（当然也包括童话）在翻译中是不丢失什么的。

我们先大致叙述一下普希金的《渔夫和金鱼的故事》。

渔夫和他的妻子住在海边的破草棚里，生活十分穷困，渔夫每日到海边打鱼为生。

这一天从早到晚，他撒了一次又一次网，网网落空，最后捞上来一条小金鱼。小金鱼向渔夫苦苦哀求，只要将他放回大海，他会满足渔夫的所有要求。渔夫没有提任何要求就把小金鱼放回了大海，然后拖着空网回了家。

他的妻子正坐在破草棚前用破木盆洗衣服，看到渔夫空手而归，便责问为什么一无所获，渔夫讲了如何捕到小金鱼后又将小金鱼放归大海的情形。老太婆听了，训斥他说：你为什么不向他要一个新木盆呢？我们的洗衣盆已经破了。第二天，渔夫来到海边，呼唤小金鱼。小金鱼游出海面。渔夫对他说：我的妻子让我要一个洗衣盆。小金鱼回答：你回去吧，你们会有新木盆的。

渔夫回到家里，老太婆已经坐在一个崭新的洗衣盆前洗衣服了。看到渔夫回来，她不但没有因为得到新木盆而满意，又接着训斥：你没看到我们的小草棚又破又烂？你应该去向他要一间好房子。第二天，渔夫又来到海边呼唤小金鱼，小金鱼游出海面后，渔夫将老太婆新的要求告诉了小金鱼。听完渔夫的讲述，小金鱼说：你回去吧，你们会有一座好房子的。

渔夫打完鱼回到家里，看到老太婆已经住在一栋崭新的大房子里了。但是，老太婆还不满足：我们为什么不能住在宫殿里呢？你回去对小金鱼说，我要当国王。渔夫没有办法，又来到大海边呼唤小金鱼。渔夫告诉他，老太婆要当国王，要住在宫殿里。小金鱼摇着尾巴说：你回去吧，你们会有宫殿的。

当渔夫回到家里时，老太婆已经当上了国王，住在金碧辉煌的宫殿里。然而，她还不满足：我还要当高高在上的女皇。渔夫在老太婆的训斥下不得不又一次来到海边，小金鱼听完渔夫的话，回答道：好吧，你回去吧，她现在已经当上女皇了。

渔夫回到家里，老太婆已经成了女皇，在巍峨的宫殿里坐在高高的宝座上。然而，老太婆还不满足，训斥渔夫：你赶快回到海边去，告诉小金鱼，我要当海上的女霸王，我要让小金鱼每日侍候我，听候我的吩咐。渔夫无奈地回到大海边。这时的大海乌云笼罩，波涛滚滚，经过久久的呼唤，小金鱼才露出海面。渔夫说：老太婆要当海上的女霸王，还要让你每日来侍候她，听候她的吩咐。

这一次，小金鱼什么话也没有说，尾巴一划，就沉入了深深的大海。

渔夫从海边回来了。金碧辉煌的宫殿无影无踪，面前还是那间居住多年的破草棚，老太婆还坐在草棚前用破木盆洗着衣服。

二

读完这个意味深长的童话，许多读者会心生感慨，在巨大的人生惆怅中，感叹着说出的第一句话往往可能是：一个人不能太贪心。当成年人将这个故事讲给孩子们时，孩子们也一定会从中受到戒贪的教育。

深究这个童话的含义，我们首先发现，在戒贪这一点上，它确实触发了人们内心深刻的冲突。

在这个世界上，就本质而言许多人是"贪得无厌"的。说得冠冕堂皇一些，就是永无止境，就是不断开拓，就是永不满足，就是渴望进步。没有一个人愿意停留在已有的成果上，然而，许多人却可能因为目标过高、欲望过贪而失败。这样的教训比比皆是。

每个人都可能经常处在一种矛盾之中：这是无限的追求与有限的可能的矛盾，是无限的愿望与有限的力量的矛盾，是主观与客观的矛盾。

在政治上，任何一场革命、一项事业、一个势力、一个集团、一个行动，都有无限扩张的"贪心"，都在极力争取着自己能够争取到的东西。然而，一旦目标过高，贪心过大，必然会导致失败。因为过高的目标而造成政治上的全局崩溃，在历史上经常出现。

军事上也同样。任何一场战争中都有对双方力量对比的估计问题。充分运用自己的力量争取尽可能大的胜利，是每个指挥家都有的"贪心"。保守了，就可能丧失本能得到的战果；然而，野心超越极限，又可能将已经取得的胜利局面全部丧失。

在外交斗争中，每一个政治领袖都在不断地揣测我方与彼方的关系。一切外交斗争、双边谈判都是讨价还价的过程。开价低了，无疑要失去原本可以得到的成果。开价过高，有可能使已有的成果付之东流。

在经济上，每一个经济实体都在无限扩张的冲动之中，这时，掌握欲望与力量的界限无疑是第一位的智慧。天才的企业家可以在大胆的规划中奇迹般地扩张自己的规模，使那些平庸者望尘莫及。但成功与失败常常只有一步之隔，相当一些庞大的经济实体就是在野心过度的大规模发展中坠入崩溃的深渊。

在社会生活的每一领域几乎都有这种矛盾的抉择：什么是自己该提出的要求，什么是自己目标的限度？

一个炒股票的人，在股票上扬时尽可能坚持到最高点时再出手无疑是最有利的，然而，许多人往往在股票已经越过最高点突然发生大规模下滑时，对自己未能及时出手而后悔莫及。

在赌博中，赢昏了头脑的赌徒总想接着赢下去，赢得更多。他果然也是越赢越多，像渔夫妻子得到的越来越多一样；然而，当他的行动超出一个限度时，反而急转直下，一输再输，直到蚀掉老本。那是一个比渔夫妻子更惨的结局，渔夫的妻子还能回到原来的小草棚和破木盆前生活；而输得一败涂地的赌徒有可能失去了一切，只剩下跳楼一条路了。

追求与可能的冲突是每个人都会遇到的冲突。什么是合理目标的最高限度，考验着每个人的智慧。

从政治、经济、文化、社会生活的各个领域，到人们玩耍的每一种游戏，几乎都有一套赏罚的机制在磨炼人心。

打乒乓球，越是接近边界的球，越有可能对对方构成威胁，容易得分，擦边球几乎必赢无疑。然而，只要再越出一丝一毫，擦边球就成了出界球，反而失分。

一个球的输赢可能不足为道，倘若一个行为的出界造成了一家跨国公司的全面崩溃，造成一个人一生努力的前功尽弃，造成一个事业由辉煌的胜利转为惨烈的失败，这就绝对触动人心了。

渔夫和他的妻子所经历的因贪欲过度而终无所获的故事，包含了深刻的真理。

渔夫救了金鱼却一无所求，可能是应该被称道的；他的妻子最初对生活有所要求，或许是符合人本性的。然而，当这种索取最终因为超出合理界限而前功尽弃时，或许又是令人感叹的。夫妻二人经过一番看来轰轰烈烈、日新月异的进取之后，以往曾经得到的金碧辉煌烟消云散，又回到破烂的草棚，无疑使人感到聊度残年的荒凉与无奈。

这时的老太婆重新坐在破木盆前洗衣服时，自然不会再提什么要求了，一切都如梦一般过去。渔夫每日拖着破旧的渔网归来，再也没有值得期盼的未来了。他们将在穷困中日复一日劳作，直到生命的终点。

每个人都在无止境地努力着，每个人都有一份"贪心"，每个人或多或少都曾有过渔夫妻子的梦想，就连渔夫对妻子的梦想也并没有拒绝。正因为这样，渔夫与金鱼的故事才可能触动读者的心灵。

渔夫和金鱼的故事，喻示了人类社会的一大法则：任何行为不可超过合理界限。

这甚至可以说是世间第一法则。

三

索取不可过限的真理是这个童话特有的力量，然而，这个故事撞击读者心灵的力量远不止于此。在渔夫与老太婆、与金鱼这三个人物的关系中蕴藏着深刻的象征。

毫无疑问，渔夫是故事中的主人公，《渔夫和金鱼的故事》使读者直接体会到的情绪是对渔夫的同情，对老太婆的憎恶。

沿着这个显而易见的情绪倾向，像解析梦境一样深入下去，我们发现，故事里还隐含着一种夫妻关系。

这是男人们都不甘处于其中的一种夫妻关系。

首先，我们看到，在这种夫妻关系中，男人是懦弱的、顺从的、辛劳的甚至是百依百顺的，女人则是专横的、霸道的、贪心的、颐指气使的。

这种夫妻关系绝非罕见。其形成的最粗浅原因，可能是夫妻二人生来的性格所致。当一个懦弱的男人和一个强悍的女人结为夫妻之后，往往是女人霸道，男人顺从。在这种家庭中，女人是统治者。

接着，我们看到，这种性格差异造成的直接结果是，面对外部世界，男人是懦弱的、不敢索取的，女人常常成为男人向外界索取的推动者。

就好像在很多家庭中，虽然丈夫挣钱养家，然而，一旦他向这个世界索取他本该得到的东西时，常常显得十分怯懦，妻子却往往扮演当仁不让的角色。性格的差异造成了行为态度的差异，而行为态度的差异更加固化了家庭生活中女人专横、男人顺从的格局。

再接着，我们看到，男人在家中怯懦顺从的地位，常常和他社会地位的低下联系在一起。即使在一个男耕女织的家庭中，如果男人不能完成耕田养家的任务，他也会在妻子面前抬不起头来。

当渔夫从海边空手而归时，面对坐在木盆前洗涮衣服操持家务的妻子，他肯定挺不起腰来。这种男人懦弱顺从、女人专横霸道的夫妻关系，常常因为男人的亏欠。

在人类社会中，婚姻是一种契约关系，对家庭要有均等的贡献与付出。当男人的贡献不足时，他在女人面前便有了歉疚。一个经常拖着空网回家的渔夫，必然在妻子面前低声下气。

再接下来，我们还会看到，在这种妻强夫弱的家庭关系中，还隐含着性关系的不平衡。

当男人因为性的孱弱而造成对女人的亏欠时，他会怕妻子，会成为一个唯唯诺诺的丈夫。当妻子对丈夫潜含着深深的性不满时，她会以其他方面的粗暴表现出来。

在人类历史上，男人的性亏欠往往隐藏在表层生活的下面，而妻子的性不满更是无法诉诸语言。丈夫的亏欠与妻子的不满在很多情况下是夫妻双方终生都不自觉的事情。于是，丈夫的亏欠便转化为对妻子的唯唯诺诺，而妻子的不满则转化为其他方面的索取与强横。

当渔夫的妻子一而再再而三要求渔夫向金鱼索取时，其实就以隐喻的方式流露了妻子的性不满。

然而，这里要重申的是，《渔夫和金鱼的故事》是男人的故事。在这个故事中，我们看到了对丈夫的同情与对妻子的谴责。

这是男人对女人的报复，这是男人对女人的歧视。

当男人对女人的专横不仅畏惧而且不满时，他就会做一个梦，在梦境中实现自己的报复。在梦中，男人是善良的，对妻子是有足够贡献的，是满足了妻子各种难以满足的欲望的；而妻子则是贪得无厌的，是应该受到谴责的。这个梦将丈夫的歉疚释放了，也将对妻子的不满发泄了。

这个童话就是这类男人的一个梦。

对妻子酷戾的贬义描写，在艺术上常常是男人对女人畏惧与不满的表现。

当然，如果探究那些生来因懦弱而惧怕女人的男性人格，除了有他婚后的种种现实原因外，常常还有他从童年时代起就有的历史性原因。

从小得不到父爱母爱，特别是得不到母爱的男孩，难以形成在女人面前的自信。他们或者在父亲的打骂下低眉顺眼，或者在母亲的训斥下唯唯诺诺。父母冷若冰霜的态度成为他们童年生活的深深印记，他们自然而然地形成懦弱的性格。

懦弱的性格特别会表现在对待异性上。

倘若他再遇到一个强悍的妻子，自然会重复渔夫和妻子的故事了。

无论是童年的历史原因，还是婚后种种的现实原因，我们都可以看到像渔夫一样惧怕妻子的男人，他内心存在着一个渴望取悦自己女人的强烈情结。

这种与生俱来的懦弱与对妻子的亏欠造成的渴望低声下气取悦女人的情结，我们可以把它称为"渔夫情结"。

"渔夫情结"常常有力地支配某些男人的一生。

四

渔夫与金鱼的关系是我们要探究的又一个关系。我们要在这个完全是幻想的关系中看到人类与现实世界的关系。

当小金鱼在渔夫的网中蹦跳着求饶时，当小金鱼一次又一次在渔夫的呼唤中游出海面聆听渔夫的诉求时，当他一次又一次安慰渔夫：回去吧，老太婆的要求会实现的。我们看到的金鱼其实是一个可爱的小男孩。

询问过许多读者，无论他是男性还是女性，经过回味思索，大都能同意这个说法。

再深入体验，我们发现，渔夫与金鱼的关系像父与子。

这很可能是渔夫救下的一个小男孩，长大成人了；这也可能是渔夫与前妻的儿子，不得不把他放到家庭以外的社会上去；这也可能是渔夫和这个贪得无厌的老太婆共同生养的儿子，母亲十分酷戾而父亲却百般照顾，儿子长大后脱离了家庭，独自到社会上去了；这也可能是渔夫婚外的私生子，他不得不偷偷地照顾他，让他一点点长大，一旦老太婆知道这个关系，便开始了疯狂的勒索。

无论是哪种情况，当渔夫在海边呼唤小金鱼时，当他非常为难地陈述着老太婆的要求，期望得到小金鱼的帮助时，我们看到了典型的"父亲的乞讨"。

这是一个被迫的、无奈的、令人同情的乞讨；又是一个在一定限度内有求必应的乞讨。

细心回味渔夫站在海边与小金鱼的对话，就能够深刻领会"父亲向儿子乞讨"这样一种关系触动人心的力量。父亲衰老了，父亲又亏欠着妻子，他在世上唯一可以乞讨的只有儿子。儿子是父亲的最后一线依靠。

在读者心目中，小金鱼是令人同情的。他似乎神通广大，然而，在这个故事中，他却是一个令人怜爱的幼小形象。

对童话故事的分析，绝不能从任何抽象的概念出发，而要从它触发的阅读情感出发。分析全部阅读情感，我们才能发现童话中一切故事因素的真正象征。

小金鱼其实是令人怜爱的小儿子。

当他最初满足了渔夫要木盆、要房子的要求时，这似乎是容易被人接受的；而当他一而再再而三地被迫满足着渔夫妻子当国王、当女皇的要求时，我们都感到他被勒索了。

这是一个要报父恩的小男孩。

这是一个在勉为其难中尽全力报父恩的小男孩。

说得更全面一点，小金鱼面对的是渔夫和老太婆两个人。这象征着一个儿子企图以自己一而再再而三的报恩行动得到父母的满意。他拼尽全力地奉献着。

这是儿子心中隐藏的一个深刻有力的情结。无论这个情结由什么样的原因铸造成，我们都可以把它称为"小金鱼情结"。

在现实生活中，有着"小金鱼情结"的儿子并不是很多；然而，这种情结往往比较强烈。

怀有"小金鱼情结"的儿子们，总是努力在为父母们做着什么，希望获得父母的满意。

从心理根源来看，这可能出于对父母的报恩思想，出于对父母的亏欠心理。

如果更深入考察，我们还会发现一个与此相反同时是更深刻的根源——一个儿子之所以怀有"小金鱼情结"，不是因为父母的恩惠，恰恰可能由于从小受到父母的忽视乃至遗弃。他之所以长大成人后一直力所能及地为父母奉献，不过是想在父母面前争得自己不曾得到的位置。

倘若过去父母不曾喜欢过自己，那么，希望他们今天能够喜欢。倘若父母过去不曾满意过自己，那么，希望他们今天满意。倘若父母曾经忽略过自己，那么，希望他们今天不再忽略。

在那些兄弟姐妹较多的家庭中，倘若一个儿子（或者一个女儿）从小是众多子女中不被父母重视的，倘若他是兄弟姐妹中被父母忽略甚至是遭到厌弃的孩子，那么，在有些情况下，他会在心中种下对父母的怨恨，这种怨恨使他一生都对父母怨气冲冲；而在有些情况下，他却相反地铸成了典型的"小金鱼情结"。这个小男孩（或者小女孩）长大之后，会比他的兄弟姐妹更殷勤地表现对父母的孝顺。

"小金鱼情结"会成为强大的心理动力。

也可能，父母开始并不很领情，他会一而再再而三地坚持下去，他希望父母满意，希望自己越做越好，在父母没有意识到他是最好的孩子之前，他可以忍辱负重地一直做下去。

倘若父母终于意识到这一点，对他满意了，并把他当作最好的孩子，他会感到莫大的幸福，然后，才会获得心理上的平静。

有的人可能最终也无法得到父母的满意，最终也未能洗去从小在父母面前失宠的委屈，那么，只有像故事中的小金鱼一样了，无言地沉入深深的大海。

五

渔夫的妻子是又一种典型。她面对世界，面对丈夫，总是怨天尤人，总是不断索取。这种索取常常表现得贪得无厌。

她这样做，既是由丈夫现实生活中的无能、对妻子的亏欠造成的，又是她本人从小的社会家庭经历造成的。

无论是由哪些具体原因汇集而成，渔夫的妻子必定一生都生活在这个情结中：对丈夫不满，对家庭不满，对生活不满，总是感到自己被亏欠。这种情结我们可以称之为"渔夫妻子情结"。

这样的情结在生活中会成为支配某些女性的核心心理力量。

在《渔夫和金鱼的故事》中，大概所有的人，无论是男人女人，最初都会对渔夫产生同情，对他的妻子感到憎厌。

然而，向生活索取并非罪恶；对无能的丈夫不满也不是罪恶；贪心甚至幻想着飞黄腾达同样不是罪恶。这或许是每个人心灵深处都有的欲望。只不过在行动中欲望不可过限，一旦过限就变成愚蠢，要受到惩罚。

当惩罚落到贪心的渔夫妻子身上时，读者甚至可能隐隐生出一丝对老太婆的同情。这是对一个痴心妄想了一阵之后又回到苦难中的女人的同情。公允地说，她的苦难是与男人有关的。

审视了对贪心的老太婆由憎厌到怜悯的情绪转化之后，我们便又想到，这个童话是男人的梦。它到处表现出男人的思想感情逻辑。

这个逻辑就是既报复了女人，又原谅了女人。

首先，用不断满足妻子的索取补偿了丈夫的亏欠心理；而后，又用批判女人的贪心使受欺凌的丈夫实现了报复；最后，用重归穷困相依为命的结局表现了对女人的宽谅。

一个像渔夫这样亏欠了女人又被女人欺凌的懦弱男人，终于用《渔夫和金鱼的故事》实现了内心潜存的全部愿望。

渔夫、渔夫妻子和小金鱼，同是令人同情的人物。

渔夫情结，渔夫妻子情结，小金鱼情结，同是令我们叹惜的情结。

第十一章

厄勒克特拉情结：恋父憎母的小女孩

一

　　"俄狄浦斯情结"是男孩情结；与它相对应的女孩情结被称为"厄勒克特拉情结"。

　　厄勒克特拉是古希腊参与杀害母亲的神话人物。"厄勒克特拉情结"概括的是女性在儿童时期形成的恋父憎母情结。

　　同"俄狄浦斯情结"一样，"厄勒克特拉情结"也是儿童一般必然存在的倾向。发现了男孩的"俄狄浦斯情结"，继而联想并发现女孩的"厄勒克特拉情结"并不困难。

　　"厄勒克特拉情结"同样普遍地在童年时代形成。它也不单是由弗洛伊德所讲的生物性的性欲本能所决定，而是带有人类社会文化的诸多因素。

在正常的童年环境中，厄勒克特拉情结会被人类的社会文化逐步抑制与克服，最终发展起健全理想的人格。在健全理想的人格中，虽然厄勒克特拉情结还会不同程度地潜存在女子的心灵深处，也会有这样或那样的表现，但那都是很正常的情况了。

二

倘若在儿童时期与父母的关系没有受到心灵创伤，倘若父爱与母爱既不缺乏又不过滥，倘若再有一个比较善于正确对待女儿成长的母亲，那么，女孩就能够在顺利抑制、克服"厄勒克特拉情结"的过程中发展起健全理想的人格。

女孩同男孩一样，自胎儿时起已经有了生理性别。当她一旦哇哇啼哭地降落于世，不仅以明确的生理性别出现，也开始处在性别角色明确的心理环境中。她的父母亲从这一刻起把她当作一个女孩，整个世界也自然把她当作一个女孩。

这样，她便从出生开始，在生理和心理上同时成长起女孩的特征。

母亲在哺乳照料她时，给予的是母亲的爱。父亲在照看爱抚她时，给予的是父亲的爱。虽然她还是蒙昧的小婴孩，虽然她同是父母生命的延续，然而，父母对她的爱意同样有性别的差异。

母亲是她在这个世界遇到的第一个女人。

父亲是她在这个世界面对的第一个男人。

小女孩便在父母之爱的照耀下一天天成长起来。

和男孩逐渐形成恋母憎父的俄狄浦斯情结一样，她也逐渐形成恋父憎母的厄勒克特拉情结。

然而，由于婴幼儿时期往往是母亲直接照料，因此，女儿的厄勒克特拉情结与男孩的俄狄浦斯情结的形成过程又有很大不同。

男孩从诞生起就在吮吸母乳的过程中，在母亲的怀抱里安然躺卧着，建立了对母亲根于生命本能的依恋，母亲就是他感受到的一切爱抚。当他将对母亲的爱恋在性别上与父亲加以区别，从而逐渐形成恋母憎父情结时，这个过程显得非常直接。他原本就偎依在母亲的乳房上，依恋着母亲的乳汁，因此，将排斥的目光看向一个既照看他又不断与他争夺母亲注意力的男人是自然而然的事。恋母憎父情结在一个男孩的心灵中就这样特别容易地成长起来了。

而对于女孩，情况大有不同。

从被母亲哺乳的第一天起，她就将母爱视为最大的温暖源泉。当母亲对幼小生命的爱恋显出近乎纯净的生命本能时，幼小的女婴一定在一个时期内把母亲当作唯一依靠和爱恋的对象。她在父亲的爱抚中慢慢了解到世上还有与母爱所不同的另一种爱，她懵懵懂懂地逐渐领会和区别着这一切。

当她再大一点，逐渐将依附在母亲怀中的身体更多地高扬双臂伸向父亲时，就逐渐形成了对两个生身亲长爱恋的性别差异。

对一个脱离了哺乳期而能言会语的小女儿，父亲表现出越来越充分的父爱，母亲看着离开自己奶头站立起来的女儿越来越吸引丈夫，也越来越喜欢被丈夫爱抚时，心里多少会有一丝隐隐的、不自觉的变化。

她最初会以宽厚喜爱的目光看着在丈夫怀里欢快蠕动的小女儿，心中既洋溢着对丈夫的爱，又洋溢着对女儿的爱，洋溢着做妻子和做母亲都尽了责的安详感，她甚至会为丈夫在玩逗女儿时迸发的幸福与快乐而感到欣慰。

然而，女儿一天天长大，与父亲的感情一天比一天亲密，母亲宽厚的微笑中会不时闪露出一丝别样的情绪。

每当见到女儿向父亲兴奋地扬起幼小的手臂，丈夫也把越来越多的爱意放在女儿身上，从而分散了对妻子的爱护时，做母亲的渐渐不自觉地在态度上有了变化。她常常会对黏在父亲怀里的小女儿温和地说道：别老在爸爸身上折腾，让爸爸休息一会儿，自己在床上玩。做父亲的则继续抱着女儿玩耍着：我不累。而小女儿则看看母亲，继续用小手摸着父亲的胡子咯咯咯欢笑。

当父女俩笑成一团时，妻子便感到一丝冷落。这既是做母亲的被冷落，也是做妻子的被冷落。即使有着宽厚母爱的女人，她对女儿与丈夫的态度都会不自觉地出现新的成分。

女儿以她幼小年龄的敏感接受着这一切，她最终会逐步将自己与哺乳自己长大的母亲分割开。她潜在地意识到，当她在母亲怀中仰望父亲的慈祥笑脸时，常常要隔着母亲的巨大身体。母爱或许还是重要的，但母亲同时成了她与父亲联系的障碍。

女孩与父亲带有异性意味的和谐爱恋逐渐成长起来；争夺父亲从而排斥母亲的情绪也一天天成长起来。

女孩的"厄勒克特拉情结"通常要比男孩的"俄狄浦斯情结"来得缓慢一些；然而，它毕竟来了。

当小女孩在幼稚的憧憬中幻想她和爸爸之间的故事时，其实是在重复大人世界里的故事。在她年幼的幻想中，会有长大嫁给爸爸的想法，甚至希望以后能取代妈妈的位置。当一个小女孩有时对母亲的衣物表现出特别嫉羡时，不过是希望自己早一点长大，能够取代母亲。

在这个幼小的年龄，父亲是她唯一爱恋的异性。成人世界中一切恋爱的现象、故事，都在发酵着这个唯一的爱恋。她那幼稚的心灵在观察成人世界中所得到的全部有关爱情、婚姻的知识，都用来充实这个痴心妄想。

然而，就像小男孩终于在一系列类似"子大避母"的文化影响下有了最初对恋母情结的羞耻感一样，女孩也会在一系列类似"女大避父"的文化提示下，有了对恋父情结的羞耻感。

从小很可能是母亲哄着她入睡，是母亲为她洗浴，她和父亲之间裸露的接触原本就十分稀少，那种稀少的接触可能曾经引起过她十分朦胧的联想。

现在，她和父亲的距离越来越远了。

当她坐在澡盆里被母亲洗浴时，父亲推门进屋，虽然还是从容不迫，并无惊慌，但是自然而然开始有所回避了。母亲一边撩着水用毛巾给她洗浴着，一边就会丢一句话给父亲：你等我们洗完再进来。父亲笑了笑，拿一本书退出去了，母亲的话就在耳边谆谆响起：女孩大了，不能当着爸爸的面洗澡。

类似的声音慢慢使女儿明白了，自己对父亲的爱恋是有限度的。她开始用默默不言的目光重新打量父亲和母亲之间似乎毫无避讳的关系，也便越来越领会父母同床而眠的特殊意义。

她有时会觉得，是母亲站在了她和父亲之间；她有时会觉得，是自己站在了父亲与母亲之间；然而，随着一天天长大，这个世界的全部道理都在告诉她，她应该从父母中间退出来。

也许她还朦胧记得，在更小的时候，她曾睡在父母中间，两个家长曾一左一右共同爱抚着她。现在，她永远不能睡在他们中间了。只有当一家三口在阳光灿烂的马路上散步时，她或许还能争得这个中间的位置，她会一左一右拉着父母的手，但这毕竟和睡在父母中间完全不一样了。

她还在长大，越来越懂得父亲和母亲的关系是什么意义，越来越懂得什么是大人的恋爱结婚，知道大人结婚才有了小孩的诞生。

这时，她在自己越来越大的活动半径中开始接触父母以外的人，包括那些同龄的小孩。他们在过家家的游戏中模仿父母亲的角色，用玩具布置起小小的家庭，用洋娃娃充当了这群小爸爸小妈妈的孩子。

　　在这些游戏中，她逐渐学习着大女人的角色、母亲的角色。

　　她更仔细地观察母亲的言谈举止、做派行为。她看到母亲做饭、洗衣、操持家务，她看到母亲在安排父亲的生活，她看到母亲在这个世界上承担着各种各样的责任。她觉出母亲的了不起，开始认同她，模仿她，以她为榜样。

　　这或许是早就有的取代母亲位置的幻想的继续。

　　又是一个女孩在真正意义上形成完整的女性角色。

　　倘若父亲始终对她有着足够的父爱，又有适当的距离；倘若母亲始终是宽厚的、耐心的，同时又能够不断给她以正确的指导；她便逐步从年幼时恋父憎母的一系列痴心妄想中挣脱出来，用越来越现实的理解力看待自己与父母的关系。

　　这时，父亲依然是她爱恋的天下第一人，是她的骄傲，她的太阳，是一个女孩自尊心的首要来源；然而她知道，应该在怎样的距离上爱恋父亲。

　　而母亲无论在她心目中如何严厉，无疑仍是世界秩序的象征，她要从母亲的教导中学会一个女孩做人行事的全部法则。

　　也许她会不时发现，父母会因为她的存在而发生一些矛盾：母亲会责备父亲在溺爱孩子，而父亲可能会说母亲对孩子不够耐心。这些争执在小女孩心中引起的反应十分敏锐，她会在委屈中透过泪光感激地望着袒护她的父亲，也会因为母亲对父亲的斥责而对父亲深感歉疚。无论父母的争执如何微不足道，在她幼小的心灵中都会留下难以忘怀的记忆。

她更大一些了，可能是小学生，也可能是中学生，这时，她对自己与父母的关系更懂得如何处理了。

在和父母一起散步时，她可能会更多地挽着母亲而较少挽着父亲；当父亲对母亲有不讲情理的粗暴行为时，她会站出来缓和矛盾，而且试图批评爸爸的无理，劝慰妈妈的气愤。

倘若父亲与母亲始终相互爱恋，做女儿的会既高兴又感情复杂地看着父母出双入对，她会多少有一种被排除在外的难过。

倘若父母感情已经衰减，只有她的出现才使父亲感到欢欣，使母亲多一点活跃，她就会用特别宽容的态度使父母都高兴。她常常会扮演一个听取父母相互埋怨又能有效消解矛盾的快乐天使。

当母亲身衰力竭时，她会非常乐意承担起料理家务、照顾父亲的责任，同时也有加倍照顾母亲的热情。倘若母亲依然强健，里里外外一把手，她可以帮助母亲做事，但又绝不侵犯母亲的权利。

一个逐渐长大的女儿如何对待父母，全看她面对的是什么样的父母。

在基本健全的家庭中成长起来的女孩，也会正确地对待自己与父母的关系；这意味着她同时也能够正确对待世界。

当她微笑面对自己的人生时，她不能想象没有父亲和母亲的情景。她对父母自小形成的厄勒克特拉情结，早已被人类的文化规范得平平和和，若有若无了。

它只会在一些特别的时刻有不易觉察的流露，那时我们就会看到，这个女孩对父亲有更亲切的爱恋，对母亲却有更多的歉疚。

三

充分又不过分的父爱，是女孩成长健全人格的重要条件。

倘若父爱过滥，又没有母亲的节制，我们就会看到，已经进入青春期的女孩还对父亲腻腻歪歪，流连忘返，表现出畸形的恋父情结。这种畸形的恋父情结大概只有在找到合适的婚姻之后才会告一段落。

倘若父爱过滥，母亲又过分严厉，这样的童年环境往往使女孩产生强烈的恋父憎母情结，会成为一个在男人面前乃至在整个世界面前过分任性的女人。

然而，畸形的恋父情结更多地却是在相反的方向上形成的，倘若一个女孩从小缺乏父爱，甚至完全没有父爱，她会形成比父爱过滥更强烈得多的恋父情结。

缺乏造成渴望，这大概是一切领域的心理规律。

在缺乏父爱的环境中成长起来的女孩，其恋父情结常常有以下表现：

1. 她充分地表现出恋父型的特征，总喜欢与比自己年长的男人相处，特别喜欢与父辈男人相处，不善于与同龄男人交往。有时又演变成一生都在不断地寻找老师，寻找男性保护者，寻找和蔼而又强有力的男人。

这不过是寻找父亲的变种。

2. 她们常常小女人气十足，总在小女人的角色中生活。

因为她们没有得到过充分的父爱，在本质上没有当够女儿，总以小女人的角色自怜自爱，一生都不愿意承担成年女人的责任，拒绝母亲的角色与义务。这种女性永远保持着所谓的"天真"。她们少年天真，青年天真，中年天真，甚至老年天真。

在"一贯天真"的角色中，她们无休止的动力是在继续扮演小女儿的角色。

3. 小女人们总喜欢在男人面前诉说委屈，总在寻求被哄慰、被保护的感觉。特别愿意在一个男人面前诉说遭受另一个男人欺负的委屈，这常常成了她们感情生活上足发条的动力。

诉说给她们带来极大的精神满足，诉说也会演变为对这个世界的整体态度。她们容易被自己的委屈攫住心灵，当没有恰当的男人成为倾听的角色时，她们会寻找女人诉说。

倾诉小女孩的委屈，是她们一生的情感需要。

4. 这样的女性从青少年开始就潜存着性的渴望，有持久强烈的性幻想，并常常贯穿一生。

与此相关的是，她们对待爱情、对待男人有浪漫化的倾向，喜欢将有关爱情和男人的事情幻想得诗情画意。

当她们面对实际的爱情和男人时，常常易过敏。耽于幻想的人一旦面对久经幻想的事情，总会显出神经质的过敏来。这大概是人类心理在许多类似的领域中都有的规律。

5. 因为从小缺乏父爱，耽于幻想的女孩最初在男人面前是缺乏自信的；她们常常在幻想中为自卑找到足够的补偿。

经过一个弥漫青少年生长期的幻想阶段，又经过一个战战兢兢相当浪漫化的爱情渴望阶段，如果她在现实中得到了某些男人的爱慕，有了爱情上最初的胜利，她就会表现出过分的敏感和兴奋。她会在幻想中反复品味自己的胜利与幸福，又会浮想联翩地去扩大它，在想象中营造出新的辉煌。

有的时候，她会满面泪水泣不成声地承受着得到男人爱抚的幸福。

有的时候，她会神经质十足地对此予以怀疑和拒绝。

6. 接着，她们可能产生贯穿一生的冲动，那就是证明自己被爱。

她们从最初获得爱的胜利开始，就有一种不可遏制的无休止冲动，那就是积累自己被爱的成就。她们以自己为中心观察着男人世界，幻想着男人围绕自己旋转。

当她们在一个又一个爱情的旋涡中打旋时，当她们走上一个又一个爱情的领奖台去享受自己的胜利时，她们常常不清楚，她们不是为了爱而爱，而是为了胜利而爱。

7. 一些从小缺乏父爱的女孩，倘若母亲对她不善，她会有强烈的憎母情结。

倘若母亲与她相依为命，从小很负责地养育她，她表面上似乎与母亲朝夕相处甚至陪伴终生，然而内心同样可能潜藏着极深的憎母情结。因为没有父爱平衡的母亲的培养，常常是极为严密的管教。

母亲过分的关心与管教往往同时极大限制了女孩的憧憬与幻想，她在把母亲当作天下第一恩人的同时，也把母亲当作了最为敌视的对立面。

8. 在缺乏父爱的环境中成长起来的耽于幻想的、神经质的、过敏的、有着倾诉委屈愿望的、拒绝成年的女孩，常常有着艺术家的素质。

这样，我们就看到了某些文学艺术家。

这些耽于幻想的、过敏的、拒绝成年的女性，作为普通女人，必定会使自己也使他人艰辛难过；而作为艺术家，她倒有可能找到属于自己的位置。

文学艺术原本就是表现过敏、放开幻想、倾诉委屈、回避现实、制造浪漫、拒绝成年、取得连绵不断爱和被爱的胜利的特殊领域。

爱的匮乏所造成的畸形情结，并不都是坏事。

有的时候，它给人带来无尽的痛苦。

有的时候，它给人带来无尽的追求。

无尽的追求还会有无尽的痛苦，但又可能会有无尽的充实与幸福。

人类社会倘若离开了各种强有力的情结，一定会少了很多痛苦，但也一定会少了许多追求与色彩。

四

中国人常讲"慈母严父"，这话有道理，但只有一半道理；真正妥当的说法是，所有的父母都应该"慈严兼备"。

当面对儿子时，慈母严父是必要的，而严母慈父有时也是必要的，这样才能使儿子的人格得到更健康的发展；当面对女儿时，慈母严父倒有更大的真理，因为在女儿面前，常常是母亲严有余而慈不足，父亲则慈有余而严不足。

在女儿自由成长的过程中，母亲对女儿过分溺爱，缺乏必要的、坚持原则的教导，自然是不妥当的，它会影响女儿的正常成长；然而，倘若母亲对女儿过苛，缺乏足够的慈爱，大概是更不妥当的，这是应该防止的主要偏向。

母亲接受儿子是毫无心理障碍的，母亲要接受一个越来越长大的女儿却要克服某种潜在的心理障碍。

倘若没有足够的心理成熟，母亲在女儿面前多少扮演一个与妹妹争宠的姐姐角色，母女之间的关系就必然显得紧张。

即使母亲不是小女人性格，有足够的成熟强健，然而，倘若她不够宽仁，对女儿过苛，女儿从小就会感受到母亲的巨大压力。这时，如果是一个坚强有力的父亲出来庇护女儿，以抗衡母亲过苛的压力，女儿得以比较正常地成长起来，仍会同时成长起来强烈的恋父憎母情结。

倘若母亲专横粗暴，而父亲唯唯诺诺屈从于妻子，甚至像应声虫一样呼应着母亲对女儿种种尖刻的训斥和管教，女儿就会形成畸形心理：她不仅憎母，而且可能更加憎父。在幼小的心灵中逐渐成长起来的是对父母共同的敌视。

这样的女孩大多有着不幸的童年少年。

但是，随着可怕的生活越来越远地翻过去，随着她们掌握了独立生存的能力，有了越来越多的金钱、友情和自信，她们便也会似乎很正常很快乐地活着。除了对与父亲同龄的男性有着极大的不信任之外，除了对自己男友的忠诚有着近乎神经质的多疑之外，一切都会显得正常。

甚至她们对父母也会显得宽容起来。虽然与父母较少来往，但是说起他们的口气平和多了。即使说起小时候曾经受到过的不公平待遇，也不过如同讲述一件平常往事。

当然，她们心头还潜存着憎母又憎父的情结，然而，在人类社会文化的规范中，由于命运的转化，她们将它掩埋在心灵深处了。

人的生命力是很强的；人对生活的适应能力也是很强的。

任何畸形的生活环境都可能造成畸形的心理情结；然而，人在苦苦争取的人生历程中大都能挣扎着活过来。

不幸的经历造成的情结并不一定都是坏事——

有的，成了一生努力和充实的动力；

有的，成了理解生活的难得的经验。

五

一个女人在其一生的人格中，都映射着自幼与父母的全部关系。

当女性面对整个世界时，无论是否已经成年，她其实一直与父母同在。她不仅带有父母的遗传基因，还带有父母在童年时就为她铸造下的一切。

女孩终于长大成年了，她应该正确认识自己和父母曾有的全部关系，能够以圆满的态度对待父母；同时也便做好了准备，以圆满的态度对待自己将有的儿女。

第十二章

白雪公主情结与王后魔镜情结

一

《白雪公主》是《格林童话》中最精彩的篇章之一。

在大雪纷飞的季节，王后生下了小公主，她的皮肤雪一样白，嘴唇血一样红，头发乌木一样黑，她的名字就叫"白雪公主"。

白雪公主出生不久，王后因病死去。国王又娶了新的王后，新王后十分漂亮，但嫉妒心很重。

新王后有一个魔镜，每当她站在魔镜前梳妆时，她一边在镜中映照着自己美丽的形象，一边会问：魔镜，在这个世界上谁是最漂亮的人？魔镜就会告诉她：王后啊王后，你是最漂亮的人。她听了就会心满意足。

白雪公主一天天长大了，越来越漂亮，到她七岁时，她已经漂亮得非常耀眼了。这时，当王后再问魔镜世界上哪个女人最漂亮时，魔镜就回答说：王后啊王后，你虽然很漂亮，但是白雪公主比你更漂亮。

王后妒火中烧，派一个猎人将白雪公主带到森林里杀害，并把她的心肝带回来作证。猎人把白雪公主带到森林深处，但是不忍杀害她，便将她放走，然后猎杀了一只野鹿，将野鹿的心肝带回来，到王后那里交了差。

白雪公主在森林中找到一座小木屋，里面住着每日出去采金的七个小矮人。七个小矮人接纳了她。他们每天出去采金，白雪公主就在家里为他们准备食物。他们就这样和谐地生活起来。

一天，王后又对着魔镜问：在这个世界上哪个女人最漂亮？魔镜如实告诉她：王后虽然很漂亮，但是白雪公主更漂亮，她在远远的森林小木屋里，更加光彩照人了。

王后知道猎人欺骗了她，决定亲自去除掉白雪公主。她化了装，扮成一个老太婆，来到森林的小木屋前，称自己是卖彩带的人，招惹得白雪公主违背了七个小矮人每天外出时嘱咐她不要给陌生人开门的规训，她打开门，打算买老太婆的彩带，却被王后用彩带勒死了。

七个小矮人回来后，解开勒在白雪公主脖子上的彩带把她救活了；再一次谆谆教导她，见到陌生人绝对不要再开门。

王后又化装成一个卖木梳的，来到森林里，诬骗白雪公主打开了小木屋的门，将有毒的木梳插到白雪公主的头发里，白雪公主顿时中毒倒下了。王后赶紧溜走了，七个小矮人回来后，拔下小木梳，再一次救活了白雪公主。

得意的王后以为杀死了白雪公主，然而，魔镜告诉她，白雪公主还活着，还是比她更漂亮的人。她第三次乔装打扮来到森林中，用一个有毒的苹果诱开了木门。白雪公主刚刚咬了一口苹果，就倒在地上死去了。这一次，七个小矮人再也没有办法救活她。他们难过地把白雪公主放到了玻璃棺里，轮流看护着她。王后终于在魔镜中看到自己天下无敌手了，她已经成为世界上最漂亮的女人了。

一天，英俊的王子带着一行人到森林中打猎，看到了躺在玻璃棺中的白雪公主，不禁爱上了她。他恳求七个小矮人将白雪公主送给他。七个小矮人最初不答应，后来看到他真诚地爱上了白雪公主，就答应了。

王子让随从抬起玻璃棺往回走。途中抬棺人被树根绊了一下，玻璃棺落地受到震动，白雪公主口中的毒苹果吐了出来，她一下醒过来，从玻璃棺中坐起。王子向她表达了爱情，并向她求婚，她也爱上了王子，便答应了。

当王子与白雪公主举行盛大婚礼时，王后也收到了邀请。去参加婚礼前，她又对着魔镜发出了问话：这个世界谁最美丽？

魔镜告诉她：王子的新娘最美丽。她虽然妒火烧身，但还是决定参加婚礼，看一看新娘到底什么样。在婚礼上，她认出新娘原来就是白雪公主，便被吓呆了。这时，一双放在煤火上的铁鞋被人用钳子夹了放在她面前，她只得穿着火红的鞋子，一直跳舞到倒地而死。

二

我们开始解析这个童话。

在这个被人们读了千百遍的故事中，到底隐藏着哪些人们不很清楚的事情。

1. 在这个故事中，国王形同虚设，未起任何作用。似乎所有的读者都接受了这个事实，对此没有提出疑问，但这却是特别值得探究的。

国王、王后与白雪公主组成的是一个家庭。国王的形同虚设，不过表明在这个特殊家庭中，男人对妻子与女儿的关系没有任何干涉力。可能是他没有这个权利，也可能是他根本无视家庭内的事情。

一旦从这个角度认识问题，就会在相当多的童话故事中发现类似的情况，当女儿与母亲特别是与继母发生对立冲突时，父亲常常是不存在的，或者存在也是无济于事的。

这隐喻地象征了一种家庭格局：缺乏父亲影响的家庭格局。

2. 在这个童话中，持有魔镜的王后是以继母的身份出现的，她对白雪公主的迫害以及白雪公主在这种迫害中成长的过程是故事的主线。

在各民族童话故事中常常会出现凶恶的继母形象；而在继母的压

迫下成长起来的小女孩，往往是这些童话中令人同情和倾心的主人公。她们追求幸福的过程，也就是摆脱继母迫害的过程。

或许在生活中，继母确实有虐待前妻儿女的倾向，当童话故事将继母的虐待作为年幼的女主人公追求幸福的对立面时，这是可以理解的。

然而，当我们看到众多童话故事中类似的小女孩都在继母控制的环境下长大，而很少发现她们生母的存在时，我们却慢慢探到了事情的深处。

我们不得不说，继母在这些童话中其实是转化了的生母形象。

继母是存在的，但毕竟是不太普遍的社会现象，而对女儿粗暴专横的生母却并不鲜见。继母其实是这一类生母的象征。这是我们在这一类故事中的发现。

3. 这样，持有魔镜的王后对白雪公主的嫉妒就有了真正的含义，这其实是母亲对女儿的嫉妒，是上一代女人对下一代女孩的嫉妒。

这种嫉妒，细心的读者可以在不少文学作品中看到。

甚至在生活中也能够看到这样的典型。在一些家庭中，母亲对逐渐长大的女儿暴露出十分明显的嫉妒来，并由此发生种种排斥女儿的做法。

当然，母亲嫉妒的极端行为是极少的；但一般的嫉妒与排斥，可能以不被人觉察的方式普遍存在着。

这种做母亲的嫉妒，本质上是做妻子的嫉妒。

4. 这样，我们就可以领会，何以白雪公主到了七岁的年纪，魔镜才会对王后说，她已经不是世上最漂亮的女人了，白雪公主已经超越了她。

这是现实生活的写照。

刚出生的女儿对母亲是不会有太大刺激的，也很难引起她更多的嫉妒。即使丈夫对小女婴十分喜爱，做母亲的也还更多地把女儿当作一个需要自己照料的幼小生命。

然而，随着女儿一天天长大，越来越表现出明显的性特征，越来越美丽，与父亲的关系也越来越亲密时，母亲肯定要承受一定的刺激和压力。

七岁的女儿有可能使母亲的嫉妒有了多一点的表现。魔镜在这个时刻发出警示，无疑是有"生活依据"的。

5. 在魔镜王后的迫害下，白雪公主离开王宫跑到森林里去了。

魔镜王后的迫害行为在生活中可以视为母亲对女儿的排斥。

而从白雪公主的角色理解，她离开王宫来到大森林，可以视为生活中女儿在回避母亲压力时离家出走的倾向。

这是女孩成长过程中自然而然出现的倾向。

6. 七个小矮人在森林中的小木屋出现了，他们对于白雪公主无疑具有重大的人生意义。

对于一个逃离家庭的小女孩，七个小矮人像女孩通常在生活中会遇到的男孩子，会成为她的伙伴。她在他们的护卫与帮助下成长起来，离开了这些小伙伴，她永远不会真正长大。

倘若再对七个小矮人扮演的角色做更深入的探究，我们发现，他们并不完全像小女孩的同龄伙伴，而更像她的兄长，小矮人们像保护小妹妹一样保护着她。

进一步分析七个小矮人与白雪公主的情感关系，可能发现一种更为隐蔽的意义：七个小矮人对白雪公主的关照与保护带有父爱的意味。

他们每次出门前的谆谆告诫，他们的一次次救援，都像父爱般笼罩在年幼单纯的小女孩身上。这不太像同龄男孩对女孩的照顾，更像父辈对女孩的保护。特别是当他们有权利守在被毒死的白雪公主的玻璃棺旁，并有权利将玻璃棺中的白雪公主送给王子时，显然更是十足的父亲角色。

不管编故事的人如何无意识，不管七个小矮人与父亲的形象多么遥远，父亲的角色、父亲的作用却通过这些情节隐蔽地表现出来。当七个小矮人将玻璃棺中的白雪公主送给真诚爱上她的王子时，颇像考察了女婿之后的父亲，放心地嫁出了心爱的女儿。

我们再稍稍深入体会一下《白雪公主》故事本身，又会发现：七个小矮人在森林中对白雪公主的照料与保护，颇像一个惧妻的父亲对女儿的态度。他不敢公开忤逆妻子，只能偷偷地照顾女儿。七个小矮人对白雪公主的全部行为，是这样一个懦弱而善良的父亲的神似写照。

这可能是很多小女孩面对的父母与家庭现状。

诗情画意的《白雪公主》，其实产生于极普通的世俗生活中。

7. 王子自然是女孩理想的爱人，找到了他，女孩才离开了父母，有了独立的幸福生活。这时，她成熟的美丽以及成功的婚姻是否还会引起母亲一丝隐隐的嫉妒，也是不能一概否定的。

8. 最终，我们看到了王后手中的魔镜，那或许是她内心的一个判断，是她内心的一个独白，是一份折磨她的情感，是一种心理活动。

《白雪公主》中的王后有这样一个"魔镜"，其他女性是否也有"魔镜"呢？

无论如何，不被这样的"魔镜"所折磨，是每一位母亲都该有的智慧与品德。

三

与女儿从小形成的恋父憎母的"厄勒克特拉情结"相对应，母亲可能有某种程度上排斥女儿的情结。借助《白雪公主》的故事，我们把这种情结称为"王后魔镜情结"。

就潜意识而言，每一个母亲或多或少都有些类似的情结。然而，对于一个在人格成长史上顺利地抑制和克服了厄勒克特拉情结的女人，相对比较容易克服"王后魔镜情结"。而那些厄勒克特拉情结从小就畸形发展的女性，一旦成年后做了母亲，就会对女儿表现出比较严重的"王后魔镜情结"。

"王后魔镜情结"的强弱，是有规律的：

首先，我们发现，王后魔镜情结对女儿的嫉妒，其实是女人对其他同性嫉妒的延伸。

凡是在生活中对同性嫉妒心强的女性，也容易对女儿有更强的王后魔镜情结；相反，那些能够与同性和谐相处的女人，对待女儿也会比较温和宽厚。

王后魔镜情结本质是嫉妒，它自然与一般的嫉妒心理有相似的规律。

接着，我们还可以发现，凡是那些做母亲心理不成熟的女人，特别是小女人特性十足，婚后在丈夫面前还扮演女儿角色的女人，尤其容易将逐渐长大的女儿当作对手。

有些女人即使成年后依然会沉溺在当小女儿的冲动中，她们完全可能在女儿出生第一天起就有了隐隐的排斥。当丈夫从她身边抱起襁褓中的女儿眉开眼笑地亲吻时，躺在床上的母亲心中可能已经产生了不太好忍受的情绪。

与此相反，那些心理成熟、具有大女人心态的女性，往往能以足够的和蔼来对待女儿。特别是那些将丈夫也当作小男孩照料起来的女人，尤其能够以宽厚的心态对待女儿。

再接着，我们会发现，母亲与女儿年龄差距越小，其王后魔镜情结就可能越强；而与女儿的年龄差距越大，王后魔镜情结相比就越弱。倘若她有不止一个女儿，那么很自然地，做母亲的往往可能对大女儿有较大的排斥性，而对小女儿有较多的宽容。

这同一般的嫉妒心理是相同的。嫉妒常常与相互的距离成反比；无论是同性相嫉，还是同行相嫉，都是如此。

再接着，我们还会发现，女儿由小到大，母亲的王后魔镜情结在一定时间内是逐渐增加的。

在女儿刚刚出生时，直接的母爱或许就是母亲的全部心理；随着女儿逐渐长大，在父亲面前有了越来越成形的女孩角色，便对母亲有了越来越明显的刺激。女儿的每一个成长变化，在父亲那里会带来单纯的欢欣，而在给母亲带来欢欣的同时，还可能带来一些复杂的情绪。

当然，绝大多数母亲不会像魔镜王后那样迫害自己的女儿，然而，她们有可能在某种程度上不自觉地排斥女儿。特别是当她还有儿子时，对女儿的排斥就在与对儿子的偏爱中对比出来了。

"王后魔镜情结"对于大多数母亲，是有可能被人类的文化抑制和克服的；而对于少数母亲，却可能成为长久折磨她的心理存在。这种情结在现实生活中会造成形形色色排斥女儿的行为，于是，就在艺术中以"魔镜王后"的形象表现出来。

四

《白雪公主》自然主要是白雪公主的故事，然而，世界上大概并没有白雪公主，有的却是这一类女孩。

《白雪公主》是这类女孩心中的美梦。

她们像白雪公主一样得不到父亲的庇护。她们生活在父亲的爱护之外，被父亲所忽略。这些女孩像白雪公主那样，有一种孤寂的哀伤。她们是孤零零的小生命。

她们被继母所排斥，或者更广泛说，被一个缺乏母爱的母亲所排斥。她们在母亲严厉的目光下战战兢兢，在母亲的冷脸下不声不响。随着一天天长大，如果她们觉得自己是美丽的，她们就真正成为"白雪公主"了。

这样的小女孩，当她们面对大雪纷飞的世界时，就会生出无限的憧憬与幻想。《白雪公主》的故事在这种憧憬与幻想中浮现出来。

她们幻想和渴望着父爱，幻想和渴望着许多善良男人会对她们进行保护，像那个善良的猎人，像那七个小矮人。

只要有了这样的保护，她们尽可以远离家庭跑到大森林中。

她们可能在幻想中与母亲一而再再而三地发生冲突，每一次都是母亲在伤害她们，而她们则是以德报怨的。王后用彩带、木梳、毒苹果一次又一次加害白雪公主时，白雪公主始终心地善良。在这个故事情节中，证明了母亲的排斥是完全错误的，是极其过分的。

白雪公主终于找到了一心一意爱恋自己的高贵王子，找到了真正的人生幸福。

这样，小女孩终于报复了母亲从小所施的虐待。女儿长大了，比母亲还漂亮，而且找到了不亚于父亲的丈夫，魔镜王后只能穿上烧红的铁鞋不停地跳舞，被迫对女儿的婚礼表示不能停止的祝贺。

这一切构成了白雪公主完整的情结。

这是一个从小被父亲忽略、被母亲排斥的女孩子的情结；这是一种渴望得到父爱与父亲式的男人保护，最终与白马王子幸福结合，从而战胜和报复母亲的情结。

具有白雪公主相同命运的这类女孩，深深埋藏下"白雪公主情结"。

从更广泛的意义讲，《白雪公主》又是所有女孩的故事。

因为所有的女孩都有不同程度的"厄勒克特拉情结"。

"白雪公主情结"并不等同于厄勒克特拉情结，它是厄勒克特拉情结在一定环境下结出的特别果实；然而，厄勒克特拉情结却可以使所有的女孩理解白雪公主。

《白雪公主》的故事是一个善良忧伤的憧憬与幻想；小女孩在这善良忧伤的幻想中等待的是命运的恩赐。如果魔镜王后是整个不公平命运的象征，那么，《白雪公主》的故事不过说明，她在逆来顺受地等待着机遇的出现。

　　"白雪公主情结"看来美丽，其实是软弱的，它很少造成积极行为的动力，也很少结出现实的幸福果实。

第十三章

灰姑娘情结：绝望女孩的水晶鞋

一

《灰姑娘》的故事在《格林童话》中可以看到，在法国《佩罗童话》中也能够看到，这是又一个以多种版本广为流传的童话。

富人的妻子死了，留下一个小女儿。富人又娶了一个妻子，后妻带来两个大一点的女儿。继母及其所生的两个姐姐虐待前妻留下的小女孩，沉重的家务落在小女孩一个人身上，她每天要掏炉膛里的灰，要打扫厨房，小女孩终日全身上下总蒙着灰，一家人都叫她"灰姑娘"。

一次，国王接连三天举行盛大舞会，邀请所有上流社会的人参加，为王子挑选未婚妻。继母带着两个姐姐去参加舞会，临行前让灰姑娘为她们从上到下地梳妆打扮一番。两个姐姐珠光宝气兴高采烈地走了，灰姑娘躲在厨房里委屈地哭了。

在哭声中，一个自称是她生前教母的仙女出现了，这是一个和蔼的老妇人，她决定帮助灰姑娘，让她也能去参加国王的舞会。仙女将一个南瓜挖空了，变成一辆漂亮的马车，又抓来一群老鼠，把它们变成高头大马和车夫，又捉来几只壁虎，把它们变成仆人，最后用仙杖一点，灰姑娘身上的破烂衣服顿时变成了华美高贵的服装，脚上的木屐变成了一双水晶鞋。

仙女嘱咐灰姑娘，务必在半夜十二点以前离开舞场回到家里，一超过这个时刻，马车还将变为南瓜，马和马车夫还会变成老鼠，仆人还会变成壁虎，漂亮的衣服、水晶鞋会变成原来的破烂衣服和木屐。

灰姑娘坐着漂亮的马车上路了。当她光彩夺目地出现在舞会上时，立刻震惊了全场，牢牢地吸引住了王子的目光，王子在整个晚会上只和她一个人跳舞。快到半夜十二点时，灰姑娘匆匆告辞离开舞场。漂亮的马车自然不见了，华贵的衣服、水晶鞋也都恢复了原样。当两个姐姐从舞会回来时，灰姑娘只是一身灰土地听着她们兴高采烈地讲述舞会的盛况，讲述舞会上一个美丽绝伦的公主如何与王子跳舞。

第二天晚上，当继母领着两个经过精心打扮的姐姐出发之后，灰姑娘又坐上了南瓜变成的漂亮马车去参加舞会。光彩夺目的灰姑娘依然是王子在舞会上唯一的舞伴。时间过得很快，临近半夜十二点，灰姑娘猛然警醒了，飞快地逃离舞场。当王子随后追出来时，美丽的公主已经不见了。他只在台阶上拾到一只水晶鞋。守门的卫士们说，除了看到一个衣衫褴褛的小姑娘经过以外，没有发现任何人。

天亮以后，王子命令使者捧着这只水晶鞋走遍全城，宣布哪个女孩能穿上这只鞋，王子就愿意和她结婚。

两个姐姐开门迎接王室的使者。大姐穿，脚太大了，总是穿不进去，她便用剪刀把大脚趾剪去，使劲把脚塞了进去；然而，使者看见水晶鞋里流出血了，说她不合格。二姐试穿，依然鞋小脚大，穿不进去，她便用菜刀把脚后跟削去一块，硬穿上了这只鞋；可是又被使者发现了，也取消了她的资格。

当灰姑娘要试穿时，两个姐姐都站出来反对。使者不顾她们的反对，跪下来把鞋往灰姑娘脚上穿，结果大小完全合适。随后，灰姑娘从口袋里取出另一只同样的鞋，穿在脚上。这时，仙女教母出现了，她用仙杖把灰姑娘的衣服变成比以前更为华贵的服装。

两个姐姐认出灰姑娘就是舞会上的美人，她们跪下来承认过去虐待了她，请求她的饶恕。灰姑娘吻吻姐姐，说如果她们今后能像对待妹妹那样对待她，她一定原谅。

王子和灰姑娘举行了婚礼。灰姑娘帮助两个姐姐物色了富有的丈夫。

这就是《佩罗童话》中《灰姑娘》的故事。

二

我们先对这个故事中所包含的重要因素进行解析，揭示一系列象征意义。

童话如同人的梦，其意义都隐含在象征之中。

1. 这里的父亲如《白雪公主》一样，又是形同虚设，不起任何作用，几乎和不存在一样。

在《格林童话》的《灰姑娘》中，父亲倒是出现了，与灰姑娘也有某些来往，然而，父亲依然是软弱的，在继母与两个姐姐对灰姑娘的压迫中，没有起到一丝一毫的保护作用。

于是，我们看到了灰姑娘第一个重要的生活环境：她没有得到父爱，没有父亲的保护。

灰姑娘的故事首先是一个得不到父爱的小女孩的故事。

看清这一点，就可以看清类似的许多童话的格局，它们都将女主人公放在一个没有父爱的家庭环境中，展开其悲喜交加的人生故事。这足以说明，渴望父爱在这个世界上铸造了多少女孩的梦想。

2. 同白雪公主一样，灰姑娘面对的又是一个刻薄尖酸的继母。

这里既可以把她看成继母，也可以看成对女儿过分严厉的母亲。继母是不多见的，而对女儿过分尖刻的母亲则是比较常见的。

灰姑娘与继母的冲突，是一个女孩与其专横母亲的冲突。

3. 继母是带着她所生的两个女儿出现的，这样，在灰姑娘的成长环境中又有了两个姐姐。倘若继母是尖刻母亲的象征，那么，她对灰姑娘的歧视还带有偏心的性质。

在现实生活中经常可以看到这种现象，母亲或者父亲不能公平地对待众多子女，常常可能形成对孩子的深刻刺激。

4. 当尖刻的母亲偏爱着两个姐姐，并且与两个姐姐共同歧视灰姑娘时，小女儿直接面对的还不主要是母亲，而是压在她头上的两个姐姐。这成为灰姑娘生活中最重要的外部条件。

在《佩罗童话》中，两个姐姐是丑姑娘，在《格林童话》中，两个姐姐也还漂亮，但都同继母一样凶恶而善妒。

灰姑娘从小就在两个姐姐的压制下成长。生活中偏心的母亲到处都有，对妹妹有着压制倾向的姐姐也并不罕见。

灰姑娘的境遇以这种象征性触动了千千万万的读者。

5. 仙女出现了，这是一个自称灰姑娘生前教母的仙女，又是一个足够慈爱的上了年纪的仙女。

在这里，仙女不过是一个小女孩的幻想。

灰姑娘渴望一个慈祥的好母亲，渴望着温暖的母爱。仙女的出现就是幻想的实现。倘若小女孩曾经得到祖母或外祖母的庇护，那么，就通过这种方式渗透进了幼年时的回忆。

6. 变成马车的南瓜，变成马和马车夫的老鼠，变成仆人的壁虎，其实都是儿童世界里不是玩具的玩具，不是伙伴的伙伴。

一个穷苦孤寂的儿童，才会面对老鼠、壁虎的世界生出梦幻的遐想，在那里构造自己幸福的王国。这是一个除了凶恶的继母及两个姐姐以外没有任何其他伙伴的小女孩的世界，老鼠、壁虎这些小动物以雄性的面貌出现，也是小女孩对外部世界男性小伙伴的渴望。

7. 正像《白雪公主》的故事一样，又一个王子出现了。这自然是灰姑娘这类小女孩渴望幸福生活的金光闪闪的象征。

女孩子找到一个属于自己的理想爱人，找到成功的婚姻，这自然是她们人生幸福的中心内容。

当然，王子不仅象征着成功的爱情与婚姻，还象征着整个人生的成功与幸福。

8. 灰姑娘找到了王子，不仅意味着离开了幼小生存的环境，更意味着她对两个姐姐的胜利。

在《白雪公主》中，女儿战胜了继母。女儿最终证明了自己比继母更美丽，更成功。而在《灰姑娘》中，妹妹战胜了两个姐姐。妹妹最终证明自己比两个姐姐漂亮，比两个姐姐幸福，比两个姐姐光荣。

在姐妹众多的家庭中，一个小女孩有可能将自己的姐妹视为直接的竞争对手，她终生的一个不自觉的潜在冲动就是战胜自己的姐妹。特别是那些处于弱小位置的妹妹，倘若她又像灰姑娘这样受到父母的歧视，尤其可能产生超越姐姐的心理冲动。

灰姑娘的故事象征了她们的命运。

9. 在《格林童话》中，灰姑娘的两个姐姐下场比较悲惨，在去往教堂参加灰姑娘婚礼的路上，她们被鸽子啄瞎了眼睛；而在《佩罗童话》中，两个姐姐得到了妹妹的原谅，并受到了她的恩惠。这两种结局，都是灰姑娘这样的小女孩幻想中成功的尾声。

姐姐们被啄瞎了眼睛，是灰姑娘仇恨的一种释放；两个姐姐承认错误而得到她的原谅与照顾，依然是她仇恨的一种释放。无论何种结局，都让我们清楚地看到了这种小女孩的梦想。

她们渴望战胜姐姐，当终于战胜了姐姐之后，就有一个如何面对战败者的问题了。

这是胜利者要解决的问题。

接受姐姐的忏悔，继而原谅她们，并且宽宏大量地帮助她们，这其实是胜利者的优越态度。

三

我们概括一下灰姑娘情结，看看它有哪些重要特征：

1. 这是一个缺乏父爱、被继母歧视又被姐姐们压制的小女孩特有的情结。

这样的女孩对于父爱已经完全无望，因为隔着继母与姐姐们的多层屏蔽；而企图争夺继母的偏爱大概也是无望的，因为继母宠爱着姐姐们。

在这个低下的位置上，她或许只能顺从，就像灰姑娘顺从地为两个姐姐做舞会前的精心打扮一样。

灰姑娘是一个在家庭中无望改变自己低下地位的女孩；灰姑娘情结也是在家庭中完全绝望的女孩情结。

2. 这些自小在家庭生活中地位低下的女孩，往往对未来生活充满憧憬与幻想。她们深深渴望着来自家庭以外的机会。

面对这种机会，她会比别的女孩更敏感，因为这是人生唯一的出路。她全凭这样的机会才能想象未来人生的光明。因此，尽管从小遭受歧视的苦难都不曾让灰姑娘灰心，而一旦不能参加国王的舞会，她就痛哭了。

灰姑娘这样的女孩似乎平时胆小懦弱，然而，一旦给了她们机会，她们有可能挣脱自卑情结，表现出极为勇敢的追求行为。只要有了漂亮的马车和衣装，她们会勇敢地走向似乎与她们完全无缘的华丽舞会。

3. 从小失去父爱的灰姑娘，当然渴望得到父亲般的男人保护，但又会渴望像仙女教母那样具有母爱的女性保护。

倘若在家庭中只面对专横的继母，她或许只有对继母的敌视和对父爱的渴望；然而，当继母的歧视与姐姐的欺压共同落在她身上时，她要处理的家庭关系就更复杂了。

在她面前矗立的更多的是两个姐姐的欺压。正是姐姐的欺压甚至使她忘记了继母的歧视。在这种家庭中成长起来的小女孩，一方面可能敌视继母，另一方面又幻想在与姐姐的斗争中，争得母亲的偏爱。

仙女教母的出现，是这种幻想的隐蔽流露。

4. 就最主要内容而言，灰姑娘情结是一个女孩渴望战胜压制她的姐姐的情结。渴望战胜姐姐，成为灰姑娘一生幻想的源泉与行动的动力。

当她年幼无力时，她沉浸在战胜姐姐的幻想之中。当她稍微长大一点，无论是学习，还是生活，还是工作，她都会在行动中努力地争取战胜姐姐们。

在家庭中没有竞争的条件与机会，到了学校与社会，她便在广阔天地中开始了奋斗。她会勇敢地走向每一个盛大的舞会，希望自己最终比姐姐更美丽，更成功。她的一生都在这种情不自禁的努力之中。

也许她并没有意识到这一点，然而，无论是在学校学习，还是在社会上工作，还是恋爱结婚，她总会隔着或远或近的距离左右张望着那些童年时代曾经压在她头上的姐姐，对她们的每一点超越都会使她欣慰。

当姐妹相逢时，也许会在说说笑笑中畅谈姐妹间的亲热情谊，我们的灰姑娘一定也是这样认为的。然而，她的潜在意识又时时在做出比较，比较各自的成就、地位，也比较各自的容貌、服装，还要比较各自的丈夫甚至孩子。倘若她终于在各个方面都超越了姐姐，她便获得一种心理平衡。如果这种超越使得她和姐姐们拉开了更大的距离，她就有了胜利者的宽容。

　　一个在人生中获得辉煌成就的灰姑娘会很宽宏大量地帮助姐姐，就像童话故事中的灰姑娘帮助两个姐姐找到富有的丈夫一样。

　　灰姑娘情结是从小在家庭中处于低下地位的小女孩情结；灰姑娘情结又是渴望出人头地的强烈情结。

　　在人类社会中，灰姑娘情结成为无数女性奋斗的动力，也带来无数女性奋斗的成就。

四

　　童话故事只有在广为流传时才具有较高的研究价值。如果它只是一个人写几个人读的东西，就大可不必把它当作人类一般的心理图画考察了。

　　那些流传广泛的童话常常有其漫长的流传过程。如《格林童话》中的故事，绝大多数在民间已有较长的形成和流传史，当它们被格林兄弟整理成书后，两个多世纪以来广泛地流传到全世界。

　　《灰姑娘》也经历了这个过程。它和很多童话一样，在其流传过程中，汇入人类文化方方面面的影响。

　　在几个世纪和更久以前，人类医学条件要比现在简陋得多。妇女分娩是一件有生命危险的事情，妇女死于分娩或其他疾病的人数高出现代许多。丈夫娶后妻、孩子有继母的现象比现代有更高的比例，继母现象成为民间故事比较突出的素材。这样去看，《格林童话》或者其他童话中大量继母虐待子女的故事，似乎更好理解一些。

据某些学者研究，《灰姑娘》中的水晶鞋来自中国女子缠足文化的影响。据说，灰姑娘丢落一只鞋的情节最早出现在中国。大概只有在中国历史上出现过普遍的缠足现象，小脚成为女人美丽的重要标志。有了对这个历史文化的说明，大概更容易理解《灰姑娘》故事中两个姐姐"削足适履"的情节。

倘若这个考证成立，就更加表明，童话故事从其产生起，在整个流传过程中都吸收了当时的社会文化。像一条河流经千沟万壑的大地，会把各种水流及砂石汇集其中。

在《格林童话》中，灰姑娘的两个姐姐被啄瞎了眼睛，而在《佩罗童话》中，灰姑娘帮助两个姐姐找到了富有的丈夫。不同的版本不过表明，《灰姑娘》的故事在流传过程中被不同民族、不同地区的文化所浸染。

倘若格林兄弟与佩罗也对收集到的故事做了不同的修改，那么，这是童话流传过程中受到社会文化浸染的反映。

今天研究《灰姑娘》这样的童话，不仅因为它们曾经广泛流传过，更因为它们至今还在广泛流传。当一个童话故事流传几个世纪乃至更长时间遍布世界时，我们要从中发现有关人类的最一般的东西。

狭义说，《灰姑娘》是一个丧失父爱又遭到继母与姐姐歧视的小女孩的故事；广义说，这是一切地位低下的女孩的故事。

灰姑娘从小绝无任何优越感，她的一生都在企图证明一句格言：

卑贱者最聪明。

在这里，我们联想到《简·爱》。这部文学名著在女性读者中影响尤为深刻。特别得到那些比较孤单、怯懦、自卑的女性喜爱。

简·爱是典型的灰姑娘，她从小失去父母，历经歧视和欺凌，像灰姑娘一样在灰暗中战战兢兢地挣扎长大，她最终以其高尚的品德与坚韧的毅力赢得了人生的胜利。

当《简·爱》的故事在几代女性中广为流传时，不过表明这是一个现实内容的《灰姑娘》的童话。当然，随着现代生活越来越富足地发展，人们离《简·爱》那样的生活越来越远了，在今天，《简·爱》的女性读者显然比几十年前少多了。

然而，世界上总有小女孩，总有地位低下与自卑的小女孩，当地位低下与自卑落在某些小女孩身上，即使仅仅片刻的笼罩，我们也会看到灰姑娘情结或多或少地出现。

《灰姑娘》与类似《灰姑娘》的故事就是在这些情结中继续汲取着流传的活力。

倘若某一天人类社会没有了灰姑娘，没有了这样令人怜爱的小女孩，《灰姑娘》的故事还会作为一笔优秀的文化遗产保存下去。

第十四章

海的女儿情结：过程本身就是人生的意义

一

海王是一个鳏夫，他老了，膝下有六个女儿，海公主们长得十分美丽，最小的一个最美。只是她同几个姐姐一样没有腿，只有一条鱼尾，她们都是小人鱼，围绕着自己的祖母生活，从小听她讲故事。

小公主从小沉默寡言不爱说笑。一天，她找到了一个美男孩的大理石雕像，这是从一艘打翻了的船上掉出来沉到海底的，她十分喜爱这个雕像，没有比这更能使她愉快的了。她不断地要求祖母讲陆地上人类世界的故事，对那里充满了惊奇。祖母告诉她们，只要到了十五岁，就可以浮到海面上去观看人类世界了。

六个公主的年龄顺序相差一岁，大公主年满十五岁了，浮上了海面。第二年，二公主也满了十五岁，浮上了海面。第三年，三公主也浮上了海面。接着，第四年第五年，四姐五姐都相继浮出了海面。她们都看到了人世间的情景，回来讲给最小的妹妹听。小公主就在这一年年的渴望中长到了十五岁，她终于有资格浮出海面了。

太阳刚刚落山，海面风平浪静，停着一艘大船。里面有许多服饰华丽的人，其中有一位英俊的少年王子。恰逢王子生日，水手们向天空射出焰火，全船举行欢快的庆典。就在这时，可怕的暴风雨来临了，浪涛将船击碎，小公主看见王子正在向海底沉没。她知道人类在水里是活不了的，便游过去救他，将他的头托出水面，让波浪载着她和王子漂行。

早晨，太阳出来了，小人鱼吻了王子的额头，希望他能活过来。她看见前面有陆地，岸边有高大的房屋与树木，便拖着王子游到岸边，把他放到沙滩上，然后，躲在海水的泡沫中远远观看。

一个姑娘走到王子跟前，王子醒来了，冲着姑娘微笑。随后，那个姑娘找了几个人将王子抬走了，小人鱼只能跃入海底伤心地回了家。从此，她变得更加沉默寡言。

当小人鱼不得不把心头的秘密吐露给姐姐时，她们陪着她一起游到王子宫殿的窗下。从此，小人鱼每天早晨和夜里都去看他，王子却一点没有觉察。小人鱼越来越喜欢人类，渴望成为他们中的一员。祖母则告诉她，人类的寿命比人鱼还要短，人鱼能活三百年，死的时候变成泡沫浮到海面。人鱼没有不灭的灵魂，永远不会有另外一种生命；而人类有灵魂，它永远存在。

　　小人鱼宁愿放弃自己三百年的寿命，去换得做一天人，获得一个不灭的灵魂。然而祖母告诉她，这是没有办法的事，除非有一个人深深地爱你，把你看得比父母更亲，并且让牧师把他的手放在你的手里，答应永远忠诚待你，他的灵魂才会流进你的身体，你也才会得到一个灵魂。祖母说，这样的事情从来没有发生过，因为在人鱼眼里显得十分美丽的那条鱼尾巴在陆地的人们看来是十分难看的，人是有腿的。

　　为了赢得王子的爱，获得不灭的灵魂，小人鱼下决心找到了海巫婆。海巫婆对她说，她可以给她喝一种饮料，将尾巴裂成两半，变成两条漂亮的腿，不过，小人鱼得受伤，好似一把利剑刺进身体里一样，此后她每走一步，都会像踩在尖刀上一样疼痛，双脚会流出血来，同时，小人鱼一旦有了人的形体，就不能再变回人鱼了。最严酷的是，倘若她不能赢得王子的爱，也就得不到不灭的灵魂，在王子与别人结婚的第一个早晨，小人鱼将变成海上的泡沫。

　　小人鱼决心忍受这一切痛苦，作为巫婆索取的代价，她交出了悦耳的歌喉，听任巫婆割下了自己的舌头，从此变成哑巴。当她游上海面来到沙滩上，喝下巫婆给她的魔药时，她疼痛得昏了过去。醒来时，她看到王子出现在面前，而自己的尾巴已经没有了，变成一双修长美丽的腿。

　　王子脱下外套给小人鱼披上，并将她搀往宫殿。她每走一步，两只脚就像踩在刀尖上一样疼痛。她坚持着来到宫殿里，从此成为不会说话的漂亮女孩。

王子很喜欢她，但从来没有想过要娶这个哑女为妻。他自然不知道小人鱼是海王的女儿，也不知道是她在大海中救了自己。王子曾对小人鱼讲过，如果他自己挑选妻子，他是宁愿娶她的。说完还吻了她。小人鱼就幻想着人间的幸福和获得不灭的灵魂。

然而，王子终于在父母的安排下娶了邻国的公主。当王子的船驶进邻国首都的港口看到美丽的未婚妻时，王子非常欢喜，他对小人鱼说：我能得到幸福，你也会高兴的，因为你爱我。然而，小人鱼的心开始破碎了。

王子和他的新娘举行了婚礼，当天夜里睡在大船甲板上的一个帐篷里。小人鱼知道，这是她留在人世的最后一夜，天一亮，她就将变成大海的泡沫。这时，她的几个姐姐游出海面，她们用自己的头发换来了海巫婆的一把刀。她们告诉小人鱼，她只要在日出以前将这把刀刺进王子的心脏，他的热血就会流在她的身上，使她重新变成一条人鱼，回到大海中。

小人鱼在太阳升起之前掀开了帐篷的门帘，看见正在安睡的新婚夫妇。当她弯下腰轻轻亲吻王子闭着的眼睛时，王子却在睡梦中呼唤着新娘的名字。小人鱼深深地爱着他，不忍心将他杀死。在太阳就要出来时，她将刀子扔进了大海，随后自己跳入海中，融化成大海的泡沫。

小人鱼这一善良的行为最终得到神灵的肯定，将她从海上的泡沫转化为天上的灵光飘向上帝，去往一个可以得到灵魂的天国。

这就是童话故事《海的女儿》（又叫《小人鱼》），它是《安徒生童话》中最有代表性的一篇，也是流传最广泛的童话之一。

二

安徒生出生于 1805 年，可以看成格林兄弟的同代人（格林兄弟——兄雅各布：1785—1863 年；弟威廉：1786—1859 年）。《安徒生童话》与《格林童话》都是世界最负盛名的童话，再加上阿拉伯的《一千零一夜》，被称为世界三大童话集。

《安徒生童话》与《格林童话》《一千零一夜》所不同的是，《格林童话》及《一千零一夜》是先在民间流传，后被收集整理，而《安徒生童话》则是作家的文学创作。然而，一个童话无论来自民间，还是来自文学家的创作，只要它广泛流传，就是人类共同的梦。

即使来自民间的童话，也一定缘于某一个人的始创，在流传的过程中逐步发展变化。一个童话无论最初怎样形成，只要能够不胫而走，流入千家万户，还是由于触动了人类的心灵。

安徒生在开始写作时，曾经在一封致友人的信中这样说："我用我的一切感情和思想来写童话，但是，同时我没有忘记成年人。当我写一个讲给孩子们听的故事的时候，我永远记住他们的父亲和母亲也会在旁边听，因此，我得给他们写一点东西，让他们想想。"（《安徒生童话全集》叶君健译，浙江文艺出版社，1995 年 2 月）如此说来，《安徒生童话》既是儿童的故事，也是成年人的故事。

所有的童话都是如此。

那些在民间流传的童话总是由成年人一代代讲给小孩们听。当它们从成年人的嘴里流淌出来时，无疑携带着成年人的思想和感情，因此，流传广泛的童话故事，其实是整个人类的故事。

《海的女儿》是这样的故事。

它是漂浮在人类社会上空许多美好梦想中一个特别精致的梦想，这个美丽的梦想深深根源于人类社会生活。

三

我们开始解析《海的女儿》，我们将一层层揭开遮盖着童话故事的帷幕。

1. 我们不要被海王这个神仙的形象所迷惑，也绝不要被所谓的海王宫殿与海中世界所迷惑，也不要被海的女儿"仙女"式的身份所迷惑。

在童话故事中，一切神仙世界的设置都在比拟人类社会。就像那些动物的故事也在比拟人类的社会生活一样，这里没有更多的神秘性可言。

同时，我们大可不必把小人鱼的故事看成低级生命渴望高级生命的故事。虽然在人类的遐想中，也会对动物的内心世界做出种种猜测，他们或许会杜撰出动物渴望进入人类社会的想象，在东西方国家的很多童话及神话故事中都有动物努力修炼成人的故事。然而，即使在这类故事中，那些动物角色其实都在模拟着人类的生活。

这样，不管安徒生本人在创作这个故事时是什么样的自觉意识，我们都可以坚定不移地将海底的海王世界看成人类世界的一部分，将海的女儿及其家族的所有成员都看成人类的成员。

那么，我们接着要得出的结论就显得稍有些令人警醒，在这个童话中，海底世界实际上是人类社会中低阶层的社会，海的女儿其实是社会低阶层家庭的一个女孩。她渴望升上海面走进人世间，表现出的是出身低下家庭的女孩对更高阶层生活的羡慕与向往。

不管这个论断如何破坏了故事的美丽，我们对《海的女儿》的全部解析都将证明这一点。只要从此出发分析小人鱼的全部行为与思想，就会有十分透彻的理解。

2. 在这个社会地位低下的家庭中，作为父亲的海王是名存实亡的。

最小的女儿其实生长在穷困而又缺乏父爱的家庭中，这无疑是小女孩非常重要的生活境况。可以想象，在一个社会地位低下的家庭中，在几近没有父爱的情况下，一个小女孩将如何辛苦地成长。

3. 海王是鳏夫，因此，这是一个没有母亲的家庭。

故事环境的设置或者可以表明厄勒克特拉情结对母亲的排斥，或者可以直接视为母亲真实地不存在。无论是哪种情况，都指向一个结论：小女孩从小没有母爱，只有祖母在絮絮叨叨地讲故事。

这就是一个从小缺乏父爱又没有母爱的小女孩能够得到的唯一一点来自长辈的关心与指导。

4. 小公主有五个姐姐，她是最小的妹妹。

这是她从小生存条件的极为重要的方面。因为年龄最小，她在这个本来地位低下的家庭中处于最低下的位置。她对外部世界的任何好奇、幻想、打探、观察都要越过五个姐姐的屏蔽与遮挡。这个现实条件想必有力地塑造着她的人格。

在这个环境中成长的小女儿，当她渴望海面上的人世生活时，既是社会低阶层的人渴望社会高阶层的生活，也是年幼的女孩渴望家庭外的成年人世界；前者，带有社会阶层的差别，后者，带有年龄的差别。

在《海的女儿》中，始终充满了这种小女孩特有的憧憬与渴望。

5. 五个姐姐年满十五岁时，一个个相继浮出海面。

海王世界的规矩恰恰是人类世界大人给小孩们的规矩，年满十五岁的女孩们可以进入社交界了。最小的女儿在姐姐们一个个顺序进入社会之后，终于轮到了自己。

在漫长的等待中，完全可以想象这个在诸多姐妹中排行最小的女孩有着怎样的渴望与期待。期待造成渴望，渴望强化着期待。小女孩一年又一年地听姐姐们讲述着外面的成年人世界，特别是讲述着那些高贵的社会阶层和生活场景，她会生出何等丰富的幻想。

当姐姐们眉飞色舞地讲述各自在外面的新奇见闻时，小女孩会仰着头眼巴巴地嫉羡地看着她们。姐姐们对已经得到的社交自由早已习以为常了，唯有小女孩在心中发酵着越来越强烈的憧憬与渴望。

这样，我们就可以比较全面地看一看小人鱼童年生活的全部环境，探究一下海的女儿情结最初发生的基础了。

第一，她是社会低阶层家庭中的女孩；第二，她是没有父爱的女孩；第三，她是没有母爱的女孩；第四，她在众多姐妹中是年龄最小的女孩。因此，她实际上是一个被社会、被家庭忽略和轻视的女孩。

当她看着姐姐们一个个兴致勃勃地浮出海面，不由得在心中积聚起对生活的极大渴望。这里不仅有着年幼的女孩对成年人世界的渴望，不仅有着低阶层生活中的女孩对高阶层生活的渴望，还有着妹妹超越姐姐的渴望。

这一渴望逐渐演变成了强烈的叛逆精神。

她不满足于跟随姐姐们浮出海面看一看就心满意足地随大流，不满足于在高层次的生活中得到一点猎奇的刺激就又回归到家庭中循规蹈矩；她要别出心裁，她要独树一帜，她要叛逆潮流，她要追求与众不同的目标，她要过一种与姐姐们完全不一样的生活，她要追求理想中的生活境界。

这就是海的女儿情结的基础，是海的女儿情结的出发点。

四

小人鱼就从这样的强烈情结出发，开始了与众不同的人生追求。

1. 她决定离开海底到人类世界去，争取成为人类的一员。

这一愿望不仅源于她从小对人类世界的渴望，源于她对姐姐们的超越心理，还源于她认识并且爱上了王子。

这样，从小压抑中形成的强烈渴望与情结格外具体地表现为人生的目标：她决心放弃人鱼三百年的寿命，去追求哪怕一天的人类成员的资格，以换取一个人类才有的高贵灵魂。

我们在这里看到了一个女孩子追求幸福生活时破釜沉舟的决心。

她因为渴望社会高阶层的生活而爱上了一个高阶层的男子；又因为爱上这个高阶层的男子更加渴望成为其中的一员。这在《安徒生童话》诞生的十九世纪，是一个极易让人理解的社会现象。

2. 小人鱼爱上了人间的王子，意味着一个社会低阶层的女孩爱上了一个社会高阶层的男子，这时，她能不能得到这份爱情，能不能因为这份爱情而进入高阶层社会，唯一的条件就是那个男子是否对她有真正的爱情。

用老祖母的话讲，那个人要深深地爱她，并把她看得比自己的父母更亲。在这里，仅有真正的爱情是不够的，还必须有合法的婚姻。老祖母告诉她：“如果他让牧师把他的手放在你的手里，答应永远忠诚待你，那么，他的灵魂就会流进你的身体，你也就会享受到人间的快乐，他会给你一个灵魂。"牧师的出现和所完成的仪式，不过象征着合法的婚姻。

在《安徒生童话》诞生的时代，一个社会底层的女孩企图成为社会上层的一员，不仅要得到上层社会男子的爱，还要取得与他的合法婚姻。

《海的女儿》的故事在这里非常清楚地描绘了人间社会才有的一幅图画。

3. 小人鱼为了浮出海面，进入人类社会，必须去掉自己的鱼尾，化成两条人腿。

这是十分痛苦的蜕变。它不过表明一个处在社会底层的女孩要想走入上层社会，必须使自己发生根本性的变化，只有这样才能被新的阶层所接受。

在这个过程中，她甚至要放弃自己的声音变成哑巴。小人鱼被割掉了舌头，这意味着一个出身卑微的女孩必须放弃自己熟悉的语言文化，她只有靠沉默的高尚举止来实现自己融入新社会的目的。她没有使用自己原有声音的权利。

小人鱼就这样出现在沙滩上，被王子扶着走向王宫，正像海巫婆所说的那样，她每走一步都像踏在刀尖上一样疼痛。这表明小人鱼走向人世间的痛苦，象征着社会下层的女孩在追求上层社会生活的合法地位时，必然遭受的巨大痛苦。不是脚的痛苦，是心的痛苦。

4. 王子喜欢上了这个美丽善良的哑女。在这里，我们不过看到了王子对一个美丽女奴的所谓爱欲。这颇像上流社会的贵族公子玩弄一个来自社会底层的姑娘，他会爱恋她，但从未想过要娶她。

在《海的女儿》中，王子和小人鱼这段似乎美丽的爱情让我们真正看到了人类社会中爱情的不平等。王子再英俊高贵真情洋溢，本质上也是虚伪的；小人鱼的追求只能是痴心妄想。

我们在这个童话中看到了她一直在痴心妄想。

当王子对她说，如果让他选择，他还是要娶小人鱼为妻时，小人鱼倚在王子的胸前，想象着自己进入人类世界获得高贵灵魂的美好愿望。

5. 王子终于和邻国的公主结婚了，上层的贵族将来自社会底层的善良女孩抛弃了。这时，按照老祖母讲述的规则，小人鱼第二天早晨将变成泡沫，消失得无影无踪。

这不过表明，像小人鱼这样一个女孩对爱情追求的痴心妄想，将如泡沫一样完全破灭，她的生命将失去任何存在的理由。

这样的结局，在人类社会的爱情悲剧中绝非罕见：来自社会底层的善良女孩，当其痴心妄想如泡沫一般破灭后，她的一切都可能由此完结。

6. 这时，小人鱼的姐姐们在海面浮现了，她们给了她一把刀子，只要在天亮之前刺入王子的心脏，使王子的鲜血流到小人鱼身上，她就能够重新变出自己的鱼尾，活着回到大海，继续自己三百年的寿命。

这不过象征着一个像小人鱼这样遭到来自上层社会的爱情愚弄的女孩，只有杀掉愚弄她的人，才可能平衡心中的痛苦，找到在社会底层继续活下去的勇气。

然而，她还在痴痴的爱恋之中。

她明知自己被抛弃了，却不忍将报复的利刃插向王子的心脏。她将刀子丢入大海，自己也跳入海中化为泡沫。女孩子的生命就这样无影无踪地结束了，她的全部苦难的、英勇的追求都烟消云散。

当天空中出现神灵的召唤，允诺她可以升往天国得到高贵灵魂时，那不过是这个女孩在生命弥留之际的最后一丝自我安慰的幻想。

五

我们在上述解析中，把《海的女儿》翻译成一部近乎描写人类社会生活的现实主义小说了。在这部"小说"中，小人鱼的故事变成了一个出身低贱的女孩渴望上层社会生活的故事。

然而，《海的女儿》的象征绝非这样狭隘特定，在我们"翻译"成的"小说"中，同样有着象征的意义。

底层社会不过象征着一个人整个人生处境的卑下；而上层社会不过象征着人们所追求的更高层次的生活。只有这样看，《海的女儿》才展开了宽阔的面貌。

海底世界对海上世界的向往是一种象征，底层社会对上层社会的向往也是一种象征，在这两种象征中，我们考察的是同一件事情，那就是一个女孩的情结。

说到底，这是一个女孩的人生与追求的情结。

更具体说，是一个女孩的爱情情结。

再具体说，这是一个女孩的单恋情结。

究其根源，这绝不是一个在优越感中诞生的女孩情感；相反，它其实是在诸多自卑感基础上诞生的情结。

这种情结有可能因为从小缺乏父爱；有可能因为从小缺乏母爱；有可能因为在兄弟姐妹中最遭父母忽略；还有可能是因为社会地位低下。

缺乏造成了渴望，自卑才追求补偿。

海的女儿情结一旦形成，它的表现是十分强烈的。

首先，我们看到，这个情结里潜藏着对父爱的可怜兮兮的又赤诚赤忠的追求。

海的女儿情结，从一开始就包含着一个女孩对父亲的含怨又无怨的奉献，有着对遥远的父爱的泪光盈盈的向往。这是一个典型的被父亲忽略了的女孩的梦。

当小人鱼走上人生探险的道路时，她每一步流血的奋斗都含着这个隐隐的追求。当她掀开帐篷，看到安睡的王子和他的新娘时，我们看到的虽然是一个女孩面对自己不能得到的爱人的哀伤，而细细品味，这里或许还有一个女孩幼小心灵中不能嫁给父亲的难过。有些恋父情结强烈的女孩读到这里，会莫名其妙地产生有关父亲的一丝联想，她不明白有关父亲的回忆为什么会在小人鱼掀开帐篷的一瞬间浮现出来。

接着，我们会看到，海的女儿情结中潜藏着在母亲面前证明自己的渴望。

在一个没有得到充分母爱的女孩心中，从来会分外觊觎其他孩子得到的母爱。当千万个海的女儿在生活中努力追求时，她们在相当程度上是为了对在世的或已经不在世的母亲发一个声明：你曾经那样忽略我，是不对的。

接下来，可以看到，海的女儿情结里潜藏着对从小压迫过自己的姐妹们的对抗与报复。

这自然转化为超越她们的动力，最终形成了一定要出类拔萃的人生目标。在海的女儿情结中，可以看到这个动力的强大作用，很多女孩一生被这个动力所驱使。

又接着，还可以看到，海的女儿情结潜藏着自小受到社会歧视的刺激与自卑，由这刺激与自卑转化而来的是一往无前奋斗的动力。

海的女儿情结最终表现为对人生与爱情的巨大追求。这个情结在女性世界中有着特别引人注目的表现。

海的女儿情结表现之一，是她的极致，是她的理想主义，是她的叛逆，是她的与众不同。

正像小人鱼那勇敢的决心一样，怀有海的女儿情结的女孩，虽然她们可能自幼沉默寡言不惹人注意，然而到一定年龄时，她们会表现出令人惊讶的大胆与绝不与常规世俗同流合污的品质，她们往往做出一般人难以做出的选择。

并不是所有的海公主都敢于做出牺牲舌头、裂开尾巴，踏着刀尖走向海滩上的世界，倘若失败就会从此变为泡沫无影无踪的冒险选择，然而，小人鱼做出了。

在人类生活中，怀有这种情结的女性在对待自己的人生追求时，常常具有小人鱼同样的品质。

海的女儿情结表现之二，是她并不渴望仙女的突然降临，给予自己额外的恩惠，也不期望毫无牺牲就有一位王子走到眼前，赐给她幸福。

一旦踏上人生奋斗的道路，她绝不期望什么先天的优势，也不做天外飞来金孔雀的幻想，她甘愿付出艰辛的努力，就像小人鱼一样一步步踏着刀尖走向王子的宫殿。海的女儿情结支配下的人生追求，将全部期望都寄托在自己的奋斗之上。

当她们踏着刀尖前进时，也幻想胜利，然而，那是对自己一步步将要迈出步伐的遥远张望。

海的女儿情结是比白雪公主情结、灰姑娘情结更自力更生的情结。

海的女儿情结表现之三，是她对人生与爱情的追求锲而不舍。

　　因为这个情结发源于自小铸成的巨大渴望，发源于对自卑无尽的补偿需要，发源于对父爱的追求，发源于对自己无止境的证明。她们既然定下了极致的、理想主义的、与众不同的目标，尽管是不易达到的目标，她们就行进在对这个目标的追求之中。

　　一个轻而易举可以实现的目标并不合她们的心愿；而一个理想的又是难以达到的目标会成为她们一生追求的动力。

　　海的女儿情结表现之四，是她对人生与爱情的痴痴追求，充满奉献与牺牲，有着宗教的意味。

　　奉献、牺牲、痴情、吃苦，不仅为了达到终极目的，过程本身就是人生的意义。为了自己的追求，她们往往表现出殉葬般的勇敢精神。

　　小人鱼虽然没有得到王子的爱情与婚姻，没能用成功使自己获得高贵的灵魂，然而，她却用超然的牺牲、奉献与崇高证明了自己，同样获得了上帝的赏识。

　　她一生都在追求的具体目标没有实现，化为了泡沫；然而，她的奋斗却从另一个意义上成就了她的人生。

　　在人类社会中，很多可歌可泣的女子在走小人鱼的道路。

　　王子的爱情与婚姻成为她人生的目标；当她经过长途跋涉之后，也许会发现那个目标是虚幻的；然而她血迹斑斑的人生之路却注释了生命的真正意义。

　　不是每一个决心踏着刀尖走向王子的小人鱼都能得到爱情与婚

姻，然而，每一个小人鱼注定能在这样的人生追求中体现自己的崇高。

这种对人生与爱情的追求带有宗教的终极意味。

小人鱼为王子做出了牺牲与奉献，并为爱殉葬了自己的一切。小人鱼般的女子常常在这样的牺牲与奉献中自怜自爱，自我陶醉，自我崇高，自我升华，自我解脱。

当人们对她们的所作所为难以理解时，她们却如醉如痴着。

她追求成功，却不仅仅单纯追求成功，她处在永不休止的追求之中。这如同一个信仰。她在这种追求中不计成本，不计得失，有一种为追求而追求的倾向。

海的女儿终其一生都是为了证明自己是最可爱、最善良、最高尚的女人。

在所有类似《海的女儿》的女人故事中，都有一种如泣如诉的哀怨与自我崇高感贯穿着。这是她们的人生旋律。

正是对这个情结的解析告诉我们，最美丽的情感与可歌可泣的事情通常来自童年时代种下的深刻情结。一个女性为爱做出牺牲与奉献，是因为她从小就萌发的追求崇高的需要。

第十五章

丑小鸭情结：在自卑中不屈地抗争

一

《丑小鸭》是《安徒生童话》中的又一名篇，其流传范围之广，稍有文化常识的人很少不知道"丑小鸭和白天鹅"的故事。

有一年夏天，一群小鸭子从鸭蛋里孵化出来，最后从一个特别大的蛋中破壳而出的是一只看起来个子很大、模样很丑的小鸭子。鸭妈妈不知道这是从鹅蛋里孵出的小鹅，只觉得它跟其他的孩子都不像。

这只又大又丑的小鸭子在饲养场里遭到了鸡和鸭的欺负，谁都去啄它、挤它、耍弄它，它不知道躲到哪儿去才好。连自己的兄弟姐妹也开始讨厌它，甚至鸭妈妈也希望它离远一些。一天，女饲养员踢了丑小鸭一脚，它就扑腾着翅膀飞过矮矮的树篱跑远了。

它到了野鸭栖息的沼泽地，又受到野鸭们的歧视。

噩运无法摆脱地跟随着它。

当冬天来临时，丑小鸭在一片冰湖中被冻晕了。

一个农夫把它拾到家中，交给妻子，小鸭子慢慢苏醒了。孩子们想逗小鸭子玩，可是它见了他们就害怕，慌慌张张扑到一个牛奶罐里，弄得牛奶四溅。女主人尖叫起来，丑小鸭更着急了，飞到奶油盆里，再飞进面粉桶里，当它飞出来时，样子十分难看。女主人嚷着用棒打它，孩子们奔跑着要捉住它。它便一溜烟跑到了外面，钻进了灌木丛。

就这样，它在沼泽的芦苇里躲过了令人心酸的冬天。

春天来了，它的翅膀忽然伸展起来，拍打得比以前有力多了，它也能往高处飞了。这时，它发现自己落在一座花园里，三只美丽的白天鹅轻盈地浮在水面上。小鸭子认出了它们，心里一阵难受，它决心飞到那些高贵的鸟儿那里，它宁肯被它们啄死，也胜过其他动物啄它、咬它，它再也不愿过可怕的冬天了。

当它向它们游过去时，它们也迎面游过来。杀死我吧！小鸭子一面喊着一面低下头去，等待着痛苦的结局。

然而，它在清澈的水面看到了自己的倒影，出乎意料，它已经不再是笨拙的丑小鸭了，而是一只姿态优美的白天鹅。三只白天鹅游过来，用嘴捋顺它的羽毛。小孩们喊了起来：这里有一只新来的天鹅，它是这一群中最美的。

白天鹅们向它表示祝贺，它伸长了美丽的脖子，心中被深深地感动。它想，当我还是一只丑小鸭时，谁会想到有朝一日我会如此幸运呢？

二

《丑小鸭》的主人公自然是丑小鸭了，正像其他童话中的动物角色一样，这无疑是在用动物比拟人的故事。那么，丑小鸭是男孩还是女孩呢？

《安徒生童话》中曾经写到它是一只公鸭，因此，丑小鸭自然可以看成是男孩的象征了。然而，这一说明并未引起读者怎样的注意，丑小鸭的故事很少让人联想到它是公鸭。特别是当它变成白天鹅之后，读者往往把它看成女孩的故事，因为小鸭和天鹅在形象上都更容易使人联想到女性，在童话故事中，它们大多是女子的象征。

这应该不是牵强附会的杜撰。艺术是在形象的必然联系上找到比喻的对应。鸭子，特别是天鹅，在人的艺术想象中更靠近女性。

在这里，我们把最后变成白天鹅的丑小鸭看成女孩是无妨的。

在《白雪公主》和《灰姑娘》这类童话中，我们直接看到的是人类的故事，对这些故事中隐含的人类社会关系、家庭结构是比较容易看穿的。

而在《海的女儿》中，我们无疑要透过比喻的手法，看清海底人鱼世界依然是在象征人类社会，当我们解剖小人鱼的社会家庭处境时，无疑要比解剖白雪公主和灰姑娘有更透彻的眼光。然而，海的女儿最终还是以人的形体与王子及整个人类社会相汇合，所以，这里的拟人手法对读者的遮蔽还不太浓重。

到了《丑小鸭》中，则是鸭子的世界了。人们或许只能简单地看到丑小鸭变成白天鹅是对一种人生故事的比喻，而对更具体的比拟就不深究了。

其实，无论作者自觉不自觉，他在撰写《丑小鸭》时，依然非常具体地规定了这个小女孩或者小男孩的家庭社会环境。

我们首先看到，所有的小鸭子都是没有父亲的，这个被遗落在鸭窝里的鹅蛋孵出的丑小鸭自然也没有父亲，显然，它比其他小鸭子离父亲更遥远。

作为一个遗落在鸭窝中的鹅蛋孵出的小鸭子，自然远离了自己的生母，孵化它的母鸭不过是养母，或者可以看成继母。

在这看来不惹人注意的叙述中，我们却看到了小主人公与白雪公主、灰姑娘有着共同的童年家庭环境，他们没有父爱，面对的只是一个缺乏母爱的继母。

作为一只鸭子，丑小鸭的童年家庭环境很难引起读者的注意和深究；然而，艺术的影响是暗示的，当一个象征隐含在故事中时，不管自觉不自觉，它都会引起你内在的联想与共鸣。

丑小鸭在没有父亲又没有生母的家庭中成长，这已是非常艰难的童年环境。

因为相貌丑，它遭到了兄弟姐妹的歧视和嘲笑。

无论这一笔在故事中显得多么不经意，却真实比拟了一个小孩的童年家庭环境：它是众多兄弟姐妹中备受歧视的一员。这对于一个小孩无疑又是特别重要的生活处境。很丑的丑小鸭在兄弟姐妹的歧视下，自然是垂头丧气，没有欢笑可言。

接着我们看到，母亲（自然是养母了）越来越歧视它，越来越以它为耻。这对于一个本来就很自卑的小孩不啻是灭顶之灾，它的自卑及无望是可想而知的。

接下来，我们还看到，丑小鸭受到了整个社会的歧视，所有的鸡、鸭都来啄它、挤它、耍弄它，它东躲西藏，无处栖身。

这样，小主人公的生存境况就相当艰难。

深究丑小鸭遭受家庭内外歧视的原因，是因为"丑"。它因为丑而被歧视；遭受歧视使它变得更加自卑，自卑低下的结果是变得更丑。这个在别人眼里的丑孩子，在自己眼里加倍地丑了。它就这样战战兢兢、自惭形秽、苟延残喘地勉强活下来，终于被饲养员一脚踢出了篱笆，开始了悲惨的流浪生涯。

在流浪中，它被野鸭群所歧视，在颠沛流离中挨过了严寒而又漫长的冬天。

然而，终有一天，它显现了白天鹅高贵美丽的本来形象。

这对于它自己是完全意外的，它因此受到普遍的赞美和欢迎。

当它舒展雪白的羽毛、伸展美丽的长颈感慨万端时，我们不由得联想到很多童话故事中的共同模式：一个出身高贵的王子或公主在磨难中落入社会底层，在历尽坎坷之后真相大白，重新显露出原本高贵的身份。

丑小鸭变成白天鹅，不过重演了这个十分常见的故事逻辑。

三

《丑小鸭》同《白雪公主》《灰姑娘》《海的女儿》同是广为流传的著名童话。就故事的美丽而言，它似乎不及《白雪公主》《灰姑娘》和《海的女儿》，这里没有小矮人、王子、仙女，也没有海王、小人鱼、海巫婆，只写了一只丑小鸭怎样变成了美丽的白天鹅；然而，它的社会影响却更为普遍。

自诩"丑小鸭"的人显然要比自诩白雪公主、灰姑娘或小人鱼的更多。我们经常听到有人自比"丑小鸭"，我们也经常听到人们说某个人是"丑小鸭变成了白天鹅"。

白雪公主、灰姑娘、海的女儿更像故事中的美丽人物；而丑小鸭却更接近生活。

丑小鸭要比白雪公主、灰姑娘、海的女儿离人们更近。

丑小鸭是一种更普遍的社会现象和人物形象。或许因为丑小鸭既可以代表男孩，也可以代表女孩，少了性别的局限；然而我们说，这里其实有着更多的原因。

第一，或许就因为它用动物比拟了人类的故事。正是在这种比拟中，一方面包含了丑小鸭从小失去生父母、被继母收养的家庭背景，同时又将之隐蔽得难以觉察。

这样，人们便更能广泛地对号入座了：我们不是白雪公主，我们没有出生在王宫里；我们也不是被继母虐待的灰姑娘；我们只是一个被人看不起的普通孩子，我们就是丑小鸭。

具体的家庭出身、童年环境被隐蔽了，更多的人便可以根据某一方面的联系进入丑小鸭角色。

也就是说，丑小鸭显然比白雪公主、灰姑娘、小人鱼有更普遍的象征意义。

第二，丑小鸭自小受歧视、遭凌辱的经历，显然比白雪公主、灰姑娘、小人鱼的童年更曲折，也更生活化。

丑小鸭所受到的精神创伤是很多人在自己的经历中能够体验到的。当丑小鸭在饲养场中遭到鸡鸭的啄、挤、耍弄时，从小受过欺凌的孩子一定会联想到自己的经历。而丑小鸭受到兄弟姐妹和母亲的嘲弄和歧视，又非常生活化地勾引起许多人类似的童年体验。

作为一个从小自卑的孩子，丑小鸭那自惭形秽的、东躲西藏的、不敢挺胸抬头的心理有着相当多的共鸣者；它比灰姑娘因为不能参加舞会而躲在厨房里的哭泣离人们的童年生活近得多。

童年时代在家庭、在学校、在社会中的任何自卑片段，无论是兄弟姐妹的歧视，还是同学、老师的冷落，或是社会上受欺负的遭遇，都可能成为进入丑小鸭角色的基础。

第三，丑小鸭与白天鹅是十分儿童化的动物形象，是极为形象的象征，也是十分成功的象征。

正是丑小鸭与白天鹅的象征，高度凝练了生活，成为一种人物、一种人生、一种经历、一种命运的代表性语码。"丑小鸭"已经成为人类描述生活现象时一个不可缺少的称谓。

四

丑小鸭情结特别容易在那些从小缺少家庭温暖的孩子身上形成，如灰姑娘的童年生活环境。然而，很多正常家庭环境下生长的孩子也会产生丑小鸭情结。探究这类人的童年生活及人生经历，我们就能发现，一些看来极简单的原因，都可能是丑小鸭情结的通道。

1. 例如，一个小孩从小长得不好看，或者瘦小，或者肥胖，或者面貌丑陋，都可能形成深深的自卑心理。

这种自惭形秽的心理在年幼的心灵中，乌云笼罩般折磨着孩子，有时甚至会成为最大的自卑。孩子会像丑小鸭一样低头耷脑、忍气吞声地生活，在未来的人生中或消沉颓废，成为失败者；或奋发图强，用事业的成功使自己变成美丽的天鹅。

2. 小孩很少有能力正确判断人的相貌，很多孩子仅仅因为穿着的差劣，不仅产生穿着上的自卑，而且产生相貌上的自卑。在许多孩子那里，穿着常常等于相貌。

穿得差，或者因为家贫，或者因为兄弟姐妹多，或者是母亲的一种管教方式，他只能穿旧衣；无论是什么原因，都会在孩子心灵上形成自惭形秽的自卑情结。这在许多成年人看来十分幼稚可笑的事情，却是很多孩子童年极其灰暗的一页。

一个孩子，当他看到别的孩子的穿着远比自己鲜艳漂亮时，那种深深的嫉羡和难以驱除的自卑，只有回到童年的心灵中才能够真切体验到。

即使在成年人的社会，穿着也会影响人的心理，影响他人对自身的感觉和评价。

3. 一个孩子之所以产生相貌上的自卑，也可能只是父母苛刻的挑剔，判断的错误；也可能是父母偏爱其他子女而对这个小孩独有的歧视。

在孩子的心目中，父母的评价就是一切。当鸭妈妈说丑小鸭长得丑时，它肯定会自惭形秽。

父母对孩子缺乏爱意的评价，常常可能不易觉察地造成对孩子致命的伤害。

4. 姐姐哥哥排斥性的嘲讽，同样造成孩子的自卑情结。当这种排斥和嘲讽一旦落在相貌上，那么，哥哥姐姐们看不顺眼的相貌，也就是他自己眼里的丑陋。

这里，我们再一次看到了相貌对幼小心灵的重要性。

很多长大后相当漂亮的女孩，都曾有过自卑的童年。有的可能到了十多岁的年龄才在别人的评价中惊讶地发现，自己竟然是好看的。有的人甚至到了二十来岁才从别人的欣赏与追慕中知道自己原来是美丽的。"女大十八变"，这里自然有发育中的变化，不好看的女孩有可能长得好看了，但更多的原因却是从小错以为自己丑陋。

丑还是美，是小孩子自卑还是自信的重要原因之一。

5. 也可能一个小孩并不难看，但是，他存在着一些行为上的缺陷，如口吃、尿急，等等，都可能产生强烈的自卑。

口吃往往在回答问题时引得课堂上一片哄笑，上课时举手要求上厕所也会引起同学们嘲笑，这使孩子感到自己成了一个从奶油盆里又飞到面粉桶里的行为不当的丑小鸭，在嘲讽的哄笑中形成丑小鸭情结。

6. 倘若相貌并没有痛苦地纠缠过孩子的心灵，他似乎在一个正常的环境中成长，在外人看来，他也不缺乏父爱和母爱，离灰姑娘的命运十万八千里，然而，仍会有一些因素影响到孩子的心理。

那些看来很平常的来自父母的冷落与忽略，都可能造成小孩的自卑。

也可能父母对其他兄弟姐妹偏爱了一点点，也可能父母对他多了些不满与指责，也许父母更愿意带领其他子女出去走亲访友，这些极家常的事情落到一个敏感小孩的心灵上，都可能造成丑小鸭特有的自卑心理。

当这个世界熙熙攘攘地嗡嗡旋转时，谁都不会注意一个小孩子的郁郁寡欢。他独自坐在那里和布娃娃游戏时，似乎一切正常，而内心却早就像丑小鸭一样痛苦。

他觉得自己很丑。

7. 当一个小孩因为家境贫寒而受到歧视时，自卑又铸造出新的丑。

在年幼的心灵中，家境低下的自卑与相貌丑陋的自卑是相通的。

8. 学习与智能的任何自卑，都可能弥漫着一个人的少年儿童时代，那也是丑小鸭的自卑。

甚至只是体质差一些，都可能使他自惭形秽：操场上制造出的丑小鸭情结与课堂上制造出的自卑情结是一样的，都会使一个小孩缩在角落里抬不起头来。

以上，父母的态度，兄弟姐妹的关系，自幼的相貌、发育，家境的贫富，穿着的优劣，学习能力的高低，各方面的自卑都可能在年幼的孩子心灵中形成丑小鸭情结。

有些自卑或许在成年人眼里是毫无道理的，然而，它却攫住了孩子的心灵。

丑小鸭情结是一个广泛存在的情结。

从某种意义上讲，我们生活在丑小鸭情结的汪洋大海中。

五

奥地利心理学家阿德勒创建的"个体心理学"认为：人的主要动机是为至善而奋斗，也可变成为自尊而奋斗，从而成为对自卑感的一种补偿。阿德勒在其一生的心理学研究中，对人的自卑感进行着重研究，也有相当出色的发现。阿德勒认为，心理健康的特征是富于理性，具有社会兴趣和自我超越精神；而精神障碍的特征则是自卑感，患得患失，惴惴不安。

现在，我们将阿德勒的"个体心理学"与《丑小鸭》的故事结合在一起，就会得到一个非常清楚而连贯的思路。

《安徒生童话》中的丑小鸭无疑从两方面表现了心理健康的特征和精神障碍的特征：它是充满自卑感的，它是自惭形秽、惴惴不安的，它在歧视的环境中表现出种种精神障碍；然而，它又一直在进行自我超越的努力，从饲养场到野鸭群中，又历经坎坷在冰湖中挣扎，从农夫的家里跑出去，在严寒中度过漫长的冬天，最后冒着一死的危险游向天鹅群，去争取人生的高境界。

我们的丑小鸭正是在"抵抗"自卑感的冲突中与外界斗争着，直到变成一只美丽的白天鹅。那时，自卑就得到了充分的补偿，丑小鸭的一生也就成为为至善和自尊奋斗的一生。

这样，我们就可以对丑小鸭情结做出完整的定义。

只有自卑，不是丑小鸭情结；在自卑中抗争，努力争取至善和自尊的境界，才是完整的丑小鸭情结。

丑小鸭情结是"抗议"自卑、战胜歧视、追求成功与高尚的情结。

丑小鸭情结是相当广泛的情结，只不过大多数人并不自觉，即使是读过《丑小鸭》的人，也很少有人认真将它与自己联系起来。很多人从小到大似乎比较平顺地走了过来，有些人甚至还颇为成功，当他们回顾童年以来的生活时，似乎都是些喜乐的记忆。

回忆可能省略不快，然而，只要追根问底地探寻自己人生的动力，就会发现，在许多轰轰烈烈的人生奋斗中，深深隐藏着丑小鸭情结。

这自然和童年时期就开始感受到的自卑直接相关。

考察众多怀有丑小鸭情结的人物，有一些值得重视的规律。

1. 倘若自幼生活经历造成的自卑比较强烈，同时心理中没有足够对抗自卑的"抗议"力量，就会表现出各种精神障碍。

这时，强烈的自卑与患得患失、忐忑不安、胆小怯懦结合在一起，铸造出一个失败的人生。

2. 倘若自幼就有较强的自卑体验，又由于生活的原因，心理上有足够的"抗议"力量，那么，就会形成完整的丑小鸭情结。

丑小鸭情结往往表现出奋斗的精神，他在战胜和补偿自卑感的过程中，克服着人生道路上的各种困难，追求至善与自尊。

那些具有创造性的人物，常常是有过强烈的自卑体验，又有足够的心理上的"抗议"力量。

就这个意义上讲，人类相当多的奇迹归因于对自卑的体验与"抗议"。

3. 丑小鸭情结不仅使人在一生的努力中注释丑小鸭怎样成功地变成白天鹅，同时，他人生中的很多局部胜利就是丑小鸭变成白天鹅的过程。

这些过程有些来自生活本身的恩赐。例如，一个自幼觉得自己难看的女孩，有一天突然发现自己漂亮了，她十分惊喜。当她在人们反复的评价与在镜子面前反复的自我端详中终于确认了这一点时，她既会揉着眼睛激动不已，无疑又增加了女孩的自信。这一刻，正是丑小鸭在水面倒影上第一次发现自己变成白天鹅的喜悦。

然而，这个喜悦绝没有完成她一生的追求，只会给她以鼓舞，让她从此出发，更有信心地去追求至善至美的人生境界。

4. 受丑小鸭情结驱动的奋斗者，往往十分具体地体现出为至善与自尊奋斗的特征。

很多女性在人生奋斗中无止境地追求，要求事业至善，要求人生至善。作为事业家，作为女儿，作为妻子，作为母亲，作为与人相处的朋友，她们都希望做得完美。她们在全方位地证明自己。

她们希望父母在晚年时终于说出，她是他们最喜爱的孩子；她也希望丈夫认为自己是最理想的妻子；希望孩子认为自己是最慈爱的母亲。当她的父母面对世界上一切其他人的子女都不丧失骄傲时，当她的丈夫面对世界上所有的妻子都心满意足时，当她的子女面对天下所有的母亲都毫无羡慕时，她会感到由衷的安慰。

为了获得这个称赞，她会加倍地努力。在追求至善、实现自尊的奋斗过程中，表现出伟大的牺牲精神，而这种牺牲又让她从更高的意义上获得至善的感觉。

丑小鸭情结是一个既美丽又充满生气的情结。

倘若没有了丑小鸭情结，我们的世界会凋零得多。

第十六章

《飘》与郝思嘉情结：现代女性的叛逆闯荡

一

《飘》是美国女作家玛格丽特·米切尔在 20 世纪 30 年代写就的长篇小说，1936 年出版，先后被译成几十种文字。据此改编的电影曾引起很大的轰动，成为 20 世纪文化生活史上不可忽略的一页。

《飘》的故事从 1861 年 4 月开始，跨度十二年，以美国南北战争为背景，着重刻画了庄园主女儿郝思嘉的形象。《飘》的故事就是郝思嘉的故事，郝思嘉的故事风靡了全世界。

最热烈的反应来自女性世界。几十年来，郝思嘉的形象深入众多女性心中，成为继《简·爱》之后，对女性最具感染力的作品。

当不同年龄的女性为它掀起心中的波澜时，我们说，这其实是她们实现内心渴望的一个故事。无论从文学、社会学、历史学角度对这部作品做出什么样的评判，都不得不承认，就其广泛流传而言，这部书无疑获得了巨大成功。

它在相当大的程度上成为很多女性心中的梦。

这里，除了社会学、历史学、文化学的原因之外，还有深刻的人格心理学原因。郝思嘉的人格是一种典型人格。

我们把它当作一个现代版的"童话"。

对于一个故事，人们从来都不是单纯地接受，而是发自内心地共鸣。郝思嘉的人格能够在女性世界中引起热烈反响，是因为她们心中都蕴藏着与之共鸣的心理结构。让我们在对郝思嘉人格的深入剖析中，发现现代生活中广泛存在的"郝思嘉情结"。

二

先来考察郝思嘉自幼人格形成的历史。

1. 郝思嘉的母亲埃伦出身富贵，比父亲的家境好。埃伦十几岁时，因为原来的情人走了，才嫁给了郝思嘉的父亲。父亲比母亲大十几岁，在那个时代的人们眼里，这是一个大得可以做父亲的年龄差距。

婚后，母亲的一切言行举止完全符合身份，是慈严兼备的贤妻良母，在传统道德中可算至善至美，是真正的当家人。父亲对母亲又依赖又惧怕，在无可挑剔的、年轻的、富贵家庭出身的妻子面前，做丈夫的大概必然是这样的态度。

结婚第二年就生下了郝思嘉，又一年生下了二女儿，再一年生下了三女儿。

这就是郝思嘉的基本家庭状况。

2. 由于她是老大，由于她长得最漂亮，郝思嘉最受到父亲的宠爱，而她也有着明显的恋父情结。

她的厄勒克特拉情结表现得十分优美。

她和父亲之间像好朋友一样"心心相印"，他们的默契是，两个人的一些所作所为都有一个共同的欺瞒对象。父亲有些事不想让妻子知道，而女儿有些事不想让母亲知道，他们便形成一种看来挺愉快、挺正常的父女联盟，逃避那个慈严兼备的母亲的统治。

3. 由于郝思嘉和母亲的年龄只相差十几岁，又由于她和两个妹妹的年龄分别只差一岁、两岁，她实际上处在与这三个女人争夺同一个男人（父亲）的位置中。

因为母亲的温和贤惠，给了郝思嘉向母亲争夺父亲的空间。因为两个妹妹年龄和她相近，又格外加强了她与两个妹妹争夺父亲的嫉妒。因为她是长女，又长得最漂亮，她自小就极力排斥两个妹妹。

她是父亲的宠女，在妈妈那里依顺乖觉，唯独对两个妹妹独裁专制，这造成了她在家庭中相当独特的位置；在这个位置上她渐渐形成了占有性很强、嫉妒性很强且又任性跋扈的人格。

在家中唯有她不怕父亲。正是在父亲面前恃宠无恐的地位，养成了她一生中敢于对男人挥来斥去的自信与骄傲，也形成了她与其他女性争夺男人的强烈攻击性。

在她的一生中不仅不顾廉耻地公然掠夺妹妹的爱人，而且无休止地掠夺属于别的女人的男人。

郝思嘉的这种特性当然和那一时期美国社会的文化状况相关；然而，是她而不是她的某一个妹妹形成这样独特的人格，确实又有具体的家庭内部原因。

对于一个儿童来讲，整个社会文化的浸濡最终都要透过家庭的环境表现出来，而家庭的环境又有各种具体的特征，家庭中每个孩子又有不同的地位，这一切的总和，才是一个孩子形成人格的完整外部条件。

4. 母亲是郝思嘉人格成长的重要因素。

母亲不仅是一般意义上的贤妻良母，也不仅是一般意义上的慈严兼备、干练有才的家长，她实际上是郝思嘉面对的整个道德规范。

一方面，母亲本人就是传统道德的完美化身，她的行为做派处处符合传统的规范，具有无可指责的崇高与完美；另一方面，她对女儿的品德教育是无懈可击的。母亲对子女的教育从来是原则明确的，又从来是温言软语、态度从容的。

面对这个可以称为"女人楷模"的母亲，郝思嘉的态度是十分矛盾的。

她对母亲既尊重佩服，又潜在抗拒，她用一种调皮活泼掩饰下的敬畏对待着母亲。更确切地说，面对这个与自己年龄相差并不大却如此完美的母亲，郝思嘉心理上经常会感到莫名的压力。

5. 一方面，她受不了母亲责备的目光，所以，她在母亲面前总是摆出最好的面孔，行动也最规矩；另一方面，她似乎每日在学习礼貌，但骨子里却什么也没有学到，她在与父亲相互默契的配合中，抵抗着来自母亲的道德统治。

母亲的温言软语，加上家中老嬷嬷的唠叨，完整地构成了传统道德秩序的统治；为了对抗这个统治，她表现出强烈的叛逆。

这是女儿对母亲的叛逆。这是新女性对旧道德传统的叛逆。

在与妹妹的胜利的争夺中，在与母亲隐蔽的争夺与对抗中，她形成了带有绝对性质的对同性的强烈排斥。她没有任何女友，她认为一切女人都追求同一个目标——男人，因而都是她的敌人，其中当然包括她的妹妹。

6. 同样，她又是绝对的自我中心主义者。就像小说一开始描写的那样，任何一个人数众多的场面，只要有稍长时间不以她为谈话中心，她就忍受不了。

这种对同性的绝对排斥与自我中心主义结合在一起的极端表现，就是只要一个男人爱别的女人而不爱她，她就无法忍受。为了平复这种强烈的刺激，她会做出超越常规的事情。她会和任何一个女人争夺男人。她在一切相恋的男女之间毫无顾忌地插足。她不是因为爱某个男人而勾引他，而是为了战胜某个女人而勾引男人。因为所有的女人都是她的敌人，因此，她有着勾引每一个男人的冲动。

这个强烈的情结无疑是她在家庭争夺和垄断父亲的过程中形成的。

无论她对母亲如何貌似服从和尊重，其实，她已经成功地从她那里争得了父亲；无论两个妹妹与她多么年龄接近，她也以绝对优势将她们从父亲身边排斥开了；这种排斥心理成为惯性延续下来，在十二年的故事中，最终通过破坏与掠夺妹妹的爱情而有了更典型的表现。

7. 然而，在潜意识中，她一定会对这种掠夺有某种自疚。

特别是对母亲的掠夺与对抗，会有深刻的不安与自疚。

于是我们看到，郝思嘉认为母亲像圣母一样，体现着真理与公道，体现着亲爱的慈和，体现着深长的智慧，具有了不起的品格。她满天下认同的女人只有一个，那就是母亲。

这里，我们看到了将母亲升华为神、升华为宗教的倾向。这与弗洛伊德心理学理论颇为相通：一个与母亲进行了争夺与抵抗的女儿，最终把母亲放在了崇高圣洁的神坛上。

然而，当她认为除了母亲之外天下一切女人都是敌人时，我们却看到了相反的隐蔽含义：母亲恰恰可能是她的第一个敌人；只不过人类的道德文化规范使她不敢这样认为，也是母亲特别完美的表现使她没有理由这样认为。

8. 母亲是整个人类道德文化的象征，她没有力量反抗。她被母亲的美德镇服住，也是被人类道德文化在那一时期的全部正统镇服住。

然而，即使母亲如此了不起，她也绝不愿意效仿母亲，那样，她就会失去人生的享乐、失去男人。她内心充满利欲的冲动在这里已经露出明显的对抗。当母亲教育她继承传统时，她毫不妥协地拒绝了。

9. 郝思嘉把代表道德正统的母亲当作神一样敬畏地供奉起来，除了道德歉疚之外，还有实用主义的心理逻辑。

用通俗的话讲，倘若母亲不这样完美，不这样慈严兼备，不这样温良恭俭让，不这样贤妻良母，母女俩早就起冲突了。母亲的美德一方面似乎压抑了女儿，一方面又给了女儿在家庭中争夺父爱、扩张空间的余地。

赞美母亲的美德多少有点占了便宜又卖乖的意思。

10. 郝思嘉就是在这样的童年生活环境中，包括在和母亲这样的关系中，必然地成长起了叛逆型人格。

女儿叛逆了母亲所代表的正统道德教育。

这种叛逆在郝思嘉那里显得十分矛盾：在男孩面前，她想温文尔雅做大家闺秀，又想做有求必应的浮浪女人。这是一个女孩在那一时期叛逆心理的典型表现。

这种矛盾自然在对待母亲的态度中意味深长地表现出来。

正像小说中描述的那样，郝思嘉又想把母亲当作偶像一样尊敬，又想揪住头发和母亲打成一片。当作偶像一样尊敬，是将母亲神化、宗教化，那里隐含着抗母之后的自疚；而想揪住头发和母亲打成一片，这似乎是亲热的戏谑，其实是希望消除宗教般庄严的母亲的压力。倘若母亲放下架子，和她笑怒交加地揪住头发打成一团，她就可以推翻压在头顶上的巨大神像了。

终于，在她十六岁开始的人生故事没有进行多久，母亲便因病去世，一个道德的统治者消失了，郝思嘉长期被压抑的叛逆便如火山爆发一样喷发了出来。

三

《飘》的故事主要在三个人物中展开：郝思嘉，艾希礼，白瑞德。郝思嘉与艾希礼、白瑞德的感情纠葛构成了全书的主要情节。

比较主要的人物还有，艾希礼的妻子媚兰，媚兰的哥哥查尔斯，郝思嘉的两个妹妹等。郝思嘉的母亲较早去世，父亲后来也死了，郝思嘉的人生就更加不受约束了。

这里无须叙述故事的来龙去脉，仅就其中一些特别典型的情节剖析郝思嘉的特殊人格。

我们首先看到故事一开始出现的情节，这里包含着全部故事得以发展的源头，那就是郝思嘉爱上了艾希礼。

作为一个自我中心主义者的漂亮女孩，郝思嘉之所以爱上艾希礼，是因为艾希礼的文雅、暧昧在她眼中有某种神秘感。这是一个在她认知范围之外的事情，对于自己所不知道的事情怀有新奇感，是郝思嘉无所不至的征服欲的表现之一。

郝思嘉爱上艾希礼的第二个原因，是他另有所爱。当所有男人在她的魅力下屈膝时，艾希礼却准备与另外的女子结婚，这当然会引起郝思嘉强烈的征服冲动。

郝思嘉爱上艾希礼的第三个原因，是她向他表达爱情时竟然遭到了拒绝，恼羞成怒的她为此而打了艾希礼一个有力的耳光。尽管如此，她还是开始了义无反顾的追求。

《飘》在很大程度上写了一个女人爱上了一个不该爱的男人的故事。

对于人类来讲，爱情常常不是直接的性欲，也不是一般的感情交往的需要，还有着许多其他的社会文化内容，其中包括满足一个人的地位感、占有感、权力感、成就感等等可以用虚荣概括的东西。

郝思嘉的爱情是极其畸形的典型。在这个畸形的典型中，却包含着普遍的真理。

人们通常会在爱情中掺杂进非爱情的成分，只不过多少强弱有别。到了郝思嘉这样畸形的状态，反而更充分地暴露了人类社会中爱情这个字眼的复杂含义。

就在郝思嘉遭到拒绝并打了艾希礼一个耳光之后，另一个人物出现了，他看到也听到了这场冲突，并且无可救药地爱上了这个自私、任性、骄傲、我行我素的漂亮女孩。

此后，郝思嘉的命运就和白瑞德纠缠在一起，这是一个她本该爱却一直没有去爱的男人。一个不该爱的人，她追求了很多年；一个应该爱的人，她却冷酷地拒之门外。

郝思嘉不合常理的选择，不过注释了人们如何在情结的支配下行为。

再往下，值得重点考察的情节是，当郝思嘉知道艾希礼要与另一个女孩媚兰结婚时，她当着他们的面开始勾引媚兰的哥哥查尔斯。

她的这一行为绝非一般意义上的饥不择食：第一，是为了刺激艾希礼，似乎这样能报复他；第二，查尔斯恰恰是媚兰的哥哥，这个行动似乎也是在向媚兰耀武扬威；第三，查尔斯已经有了未婚妻，正在准备结婚，这样插足进去，尤其带给郝思嘉以恶毒的快感。因此，她比艾希礼与媚兰婚期还早一天与查尔斯举行了婚礼。

对于查尔斯，她当然毫无爱情可言，这种赌气性质的行为不过说明郝思嘉已经完全被自己的嫉妒不可遏制地攫住了。她因为对艾希礼征服的失败而不可遏制地躁动，也因为与媚兰较量的失败而不可遏制地躁动，她只有用早一步结婚的方式来表明自己的优越，从而为自己受到的创伤进行骄傲的修复。

举一反三，郝思嘉的行动使我们更多地联想到社会上各色各样的异常行为。在这个世界上，每个人在采取行动时，完全遵循着自己的思维逻辑。

郝思嘉将查尔斯从女友的手中夺过来，还表明她没有任何道德禁忌，表明了她我行我素的性格。

这与她母亲的品格成了鲜明的对比。

这正是女儿对母亲的叛逆。

再往下，我们需要考察的情节是，郝思嘉的第一个丈夫查尔斯死了，他是在战争前线死去的。作为寡妇，郝思嘉原本不能参加任何社交活动，然而，她无法忍受这些清规戒律，终于克制不住地参加了一次义卖会。

这既是因为她原本就不爱查尔斯，毫无悼念的哀痛，也因为她对社会正统道德的禁忌有着不甘受限的叛逆。就在人人都认为她应该悼念亡夫时，她却只思念着唯一的心上人艾希礼。

在这次义卖会上，白瑞德作为大笔募捐的富豪，取得了邀请某一女士跳舞的权利，他出人意料地向郝思嘉伸出手，众目睽睽之下，郝思嘉大胆地走下舞池与这个被上流社会认为"名声不好"的人共舞。这个举动同样意味深长，行动上和爱她的男人跳舞，心灵上和她爱的男人相依，而合法丈夫的死亡并没有引起她一丝一毫的感情牵动。

我们看到她将冷酷（对丈夫查尔斯）、痴情（对艾希礼）、权变（对白瑞德）三者集于一身。

再往下，我们看到了一个更具有郝思嘉风格的典型行动。

她在战乱中越来越艰难地维护着一座庄园，为了难以交付的三百元税款，她不得不到监狱中请求被关押的白瑞德帮忙，甚至不惜卖弄风情，表现出十足的经济实用主义。遭到拒绝后，她离开监狱，遇见了妹妹的未婚夫弗兰克·肯尼迪，知道他手中有钱，便立刻运用手段将其从妹妹身边夺了过来，快速地结了婚，用上了他的钱。

在这里，一方面，金钱就是一切的资本主义精神驱使她不择手段，另一方面，也表现出她全然不顾姐妹之间的伦理，公然抢夺妹妹的丈夫。

这不仅是从年幼时就开始的对妹妹的排斥与掠夺的延续，而且具有潜在的乱伦性质。倘若这时妹妹已经嫁给了弗兰克·肯尼迪，她也会毫不犹豫地把妹夫攫为己有。

她不受任何禁忌的约束，她在破坏一切禁忌。

透视郝思嘉从小到大的人格形成史，我们发现，她是在向一切伦理道德的禁忌进行反抗。为了自己的生存，为了自己的欲望，为了自己心理上的冲动，她可以不顾一切。

再往下，我们看到，她的第二任丈夫弗兰克·肯尼迪为了保护她而被打死了，她同样没有表现出多大的悲伤与愧疚，因为这只是权且意义的婚姻，没有真正的感情投入。

她又嫁给了白瑞德，这次婚姻完全是为了金钱。

在大多数读者看来，白瑞德才是她理想的爱人，富有，英俊，有风度，又十分爱她；然而，在成为白瑞德的妻子之后，郝思嘉依然陷在对艾希礼的痴情追求中不能自拔。

一个如此自私、任性、残忍的女性，在唯利是图的奔波中还保持着这份痴情，似乎很难理解。表面上，这既可看成疯狂而又偏执的感情追求，也可以看成可歌可泣的纯洁的感情追求，然而，实质上只因为这里含着郝思嘉特有的情结。

情结促成追求；幸福或许是情结的实现。

在人类社会，不同人有不同的渴望，不同人便有不同的幸福。当善良与邪恶出现在同一个人身上时，集结它们的只是这个人内心深处的情结。情结凝聚着他的全部生活经历，也凝聚着他的全部社会关系。情结像一张巨大的网，将每个人罩在其中。

白瑞德本不愿和任何女人结婚，然而，为了郝思嘉不再因为钱嫁给他人，而与她结了婚。小说往下的发展，就是郝思嘉与白瑞德的故事了。

在艾希礼生日的那一天，郝思嘉受媚兰委托去见艾希礼，两人在回顾往事时触发情感，拥抱在一起，结果被人撞见，传遍全城。白瑞德虽然感情受到伤害，但为了顾全面子，逼迫无颜见人的郝思嘉依然与他一起盛装出席了艾希礼的生日招待会。从招待会回来，白瑞德强暴般地将郝思嘉抱进卧室，行使了丈夫的权利。郝思嘉在这次"强暴"中，却第一次真正体会到了情欲，觉得自己有点爱上白瑞德了。

在此之前，她与其他男人的婚姻生活从没有唤起过她真正的情欲，因为这些婚姻是虚荣或者金钱的产物。即使和白瑞德，郝思嘉在此前也没有尝到过真正的情欲，因为她始终爱着别人，而白瑞德也因为男人的自尊而表现矜持。是愤怒使白瑞德突破了矜持，实施了强暴的征服，这样做的结果反倒沟通了他们之间的情欲。

在这里，双方表现出的情欲都有些邪恶：白瑞德是因为绝对无礼的强暴而产生了情欲；郝思嘉则是因为这看似强暴的苟合而产生了情欲。

合法的夫妻生活从未唤醒过的情欲，却在这看来不像合法丈夫的"强暴"中产生了。这更说明她所追求的恰恰是道德伦理规范之外的激情。她的快乐与幸福或许就是对道德伦理禁忌的突破。

她是一个渴望犯规的女人。

最后，媚兰因为难产死去了。艾希礼失去了妻子，成为"自由"的男人。没有竞争对手的郝思嘉终于可以得到多年痴情追求的心上人了，而艾希礼此时也渴望着亲近她。但恰恰在这时，郝思嘉突然发现，艾希礼不过是个懦弱无能的男人，远不是她理想中的爱人。这个看来突兀又十分合乎情理的变化，不过表明强烈的征服欲造成的偏执曾经如何蒙蔽了她的眼睛。

一个人终生追求的，可能是她并不需要的，这近乎可悲，却是人世间经常发生的事情。对此大可不必简单地嗤之以鼻。人生的意义在很多时候并不全在于目的，更多的可能是过程。倘若一生都在充实的追求之中，到头来却发现苦苦追求的不是自己所需要的，那也无妨。用若有所失的遗憾作为结束，并不太坏。

从某种意义上讲，绝大多数人生都有这种性质。

孙悟空奋斗一生，历经九九八十一难，经历了一个何等充实的追求过程，最终取了经，得了正果，封了佛，难道这就是孙悟空真正需要的吗？

很多人为了心中的深刻情结而追求一生，到头来是否也有人生如梦的惆怅？

人生到了这一步，郝思嘉开始明白白瑞德才是自己真正的爱人。然而这种觉悟为时太晚，当她希望走到白瑞德身边时，对方却毫无回旋余地地离开了。

在爱情的追求上，郝思嘉遭到了第二次拒绝。艾希礼的拒绝曾驱使她长达十二年的苦苦追求，可以想象，往下的日子她又要对白瑞德穷追不舍了。当然，我们可以预见，倘若有一天白瑞德又回到了她身边，她也未必真正能爱。

郝思嘉的人格已经比较定型，她不那么容易改变自己。

四

郝思嘉的人格与她童年的家庭环境分不开，它特别体现在三个方面：

第一，对父亲任性而又骄纵的爱恋；第二，对母亲阳奉阴违的抗拒与叛逆；第三，对妹妹的排斥与掠夺，这一点极易演变为对所有女性的排斥与掠夺。

这三方面的合而为一，最终形成了郝思嘉的"自我中心主义"。只要生活不以她为中心，她就忍受不了。只要一个男人不爱她而爱上别的女人，她就忍受不了。

　　这是郝思嘉人格中隐藏的最主要情结：一个在世界上以我为中心、我行我素的女人情结。

　　在剖析了郝思嘉的人格与情结之后，我们能够顺理成章地回答，世界上的众多女性为何对《飘》着迷。

　　1. 郝思嘉的故事顺应了 20 世纪 30 年代以来美国乃至世界的文化潮流，这是资本主义的绝对个人主义、自由主义以及享乐主义（包括性解放）叛逆传统道德文化的潮流。

　　正是这个潮流，将郝思嘉的形象浩浩荡荡地浮现推广出来，而郝思嘉的形象给了这个潮流以新的动力。郝思嘉像站在船头摇旗呐喊的女孩，为这个潮流增添了激动的声音。所有对抗传统道德伦理文化的社会心理都能在郝思嘉的故事中找到兴奋剂。

　　正是在巨大的社会文化潮流的裹挟伴随下，郝思嘉的形象才在一个时期内有了风靡世界的锐利推进力。

　　2. 在冲击、叛逆传统道德伦理文化的潮流中，有一个内容是不可忽略的，那就是女性对抗男权、要求平等的潮流，作为它的极端表现，还有各种各样的女权主义运动。

　　郝思嘉的故事，无疑是这类女性解放运动的典型。正像她自己所说的，在这个世界上，女人不需要男人帮助可以做成任何一件事情，除了生孩子之外。郝思嘉历经坎坷的生存奋斗历史，成为女性走上社会、争取与男性平等权利的有力号召。郝思嘉的女性个人中心主义，以极端的方式对抗了男性为中心的世界秩序。

《飘》是典型的女性个人英雄主义的故事，女主人公惊心动魄的人生进取与对男人卓有成效的征服，给了女性读者以巨大的激励。

她们羡慕和欣赏郝思嘉魅惑男人的能力，她们羡慕和欣赏郝思嘉成为男人世界的中心。当郝思嘉以她的美丽与聪明轻而易举地征服了一个又一个男人时，不知有多少女性为之倾倒。

这其实是她们心中的渴望。

3. 郝思嘉的故事又是典型的对抗母亲权力的故事。虽然郝思嘉并没有将对母亲的叛逆写在自己的旗帜上，然而，她的全部所作所为都表现出对母亲正统教育的叛逆。

这个世界上一定有相当多的女孩心中潜伏着厄勒克特拉情结，渴望着对抗母亲所代表的正统道德伦理观念，对抗社会为女孩子设置的全部秩序。她们只是不得不接受母亲的统治，不得不接受母亲所传达的一系列规范。

郝思嘉大逆不道的人生以及对母亲明顺暗抗的机智策略，给了女性成功对抗母亲的快乐体验。那些从小压抑了比较深刻的厄勒克特拉情结的女性，对郝思嘉的故事一定会产生来自身心深处的共鸣。在这种共鸣中，压抑的情绪得以释放，在想象的胜利中获得精神的快感。

4. 《飘》为郝思嘉安排了一个富有魅力的男人白瑞德，这可以说是现代版的白马王子，而且是被郝思嘉百般拒绝还穷追不舍的白马王子。

正是白瑞德的存在，使女性读者对郝思嘉的艰难生存奋斗产生了有恃无恐的温暖感觉。

无论郝思嘉如何面对生存逆境苦恋着自己不该爱的男人，也无论郝思嘉如何任性骄纵、一意孤行，白瑞德这个成熟强悍、富有魅力的有钱男人总是温暖地守护着她，任其嗔斥而不羞恼，这确实是女孩理想的命运安排。在郝思嘉那里，白瑞德扮演的是父亲的形象。他的存在给一切自幼怀有恋父情结的女孩以安慰。

恃宠的女儿尽可以对父亲任意地挥来喝去，也尽可以对父亲的爱心置之不理，我行我素地胡作非为，父亲宽厚温暖的胸膛却永远是她最后的港湾和归宿。

从这个意义上讲，郝思嘉的故事还是隐蔽的恋父的故事。

它让所有的女孩与郝思嘉一起经历了追随艾希礼的浪漫探险，又过了一把身后有白瑞德这样的可靠父亲的瘾。十分美妙又十分隐蔽，不犯禁忌。

5. 虽然很多女性未必有过郝思嘉排斥和掠夺妹妹的经历，也不一定像郝思嘉这样对女性有极端的排斥与嫉妒心理，然而，她们或多或少有过这样的心理体验。

从争夺男人与爱情来讲，所有的女人，特别是年龄接近的女人，相互都是竞争对手。每个女性在其成长过程中，都体验过与同性的争夺和嫉妒。这是女人心中共有的情结。人人都想在这种竞争中出类拔萃，大获全胜。只不过人类道德伦理的规范使女性间的这种竞争有了各种限制与禁忌。

在限制与禁忌下，女人们的竞争冲动被压抑着。

当郝思嘉毫无禁忌地与其他女人争夺时，常常使女性读者产生一种不由自主的潜在兴奋。当郝思嘉毫不犹豫地抢夺属于别的女人的男人，甚至连妹妹也不放过时，这种"无所畏惧"的行为，会使很多女性内心压抑的能量得到宣泄。

女性读者也许会不由自主地将自己比作郝思嘉，她们只会体验她胜利的优越感，而不会注意那些被掠夺的女人心中产生的怨恨。

6. 郝思嘉的故事就是一个叛逆的故事，她叛逆母亲，叛逆正统，叛逆伦理道德规范，叛逆男权社会。更极端地说，她拥有彻底的叛逆人格。

为了达到目的，她不惜一切手段，不考虑任何道德伦理形象；不考虑任何社会舆论的评价；她离经叛道，我行我素，勇往直前，无论是争夺男人，还是争夺金钱。

她历经三个合法丈夫都没有感受过情欲，却在白瑞德一次强暴性质的占有中尝到了情欲，这透露出她的反禁忌倾向。

郝思嘉这一叛逆形象，想必使众多女性产生内心反禁忌的共鸣。

用弗洛伊德的概念说，这是"本我"叛逆"超我"，这种解放给人以精神上的快感与满足。

这样，我们就可以说，《飘》如同一个现代版的"童话"，是现代很多女性的一个梦。

弗洛伊德认为，梦是愿望的达成。按照我们的观点，可以有更好一点的梦的定义，那就是梦是人类实践的潜思维。

人类是不断实践着的高级动物，人类从其诞生起就无休止地解决着各种矛盾，战胜各种客体。这种解决矛盾的旋律也反映到他们夜晚的梦境中。渴了，梦中就喝了水；饿了，梦中也会饱餐一顿；饥渴的矛盾在梦中就这样虚幻地解决着。在现实中没有获得领取奖杯的胜利，在梦中可能表演了一番手捧鲜花凯旋的辉煌。

倘若由于自疚形成内心的矛盾冲突，梦中就会有一个巧妙的故事解决矛盾，或者是谴责了自己，或者是推卸了责任，所有的情节设计都使潜在的自疚得到一点释放。

艺术的本质是梦思维。艺术在虚幻的世界中解决着现实的矛盾。

近代社会中，欲望与道德伦理规范的冲突每时每刻都发生着：一方面，是全部规范体系造成的统治；一方面，是反抗这种统治的叛逆力量。

具体到某一个历史时期，叛逆并非都不合理，规范体系的统治也并非都那么合理；但是有一点可以肯定，叛逆永远只能是有限的，这或许是人类历史持续发展的规律。

然而，叛逆的力量又有无限扩张的冲动。

这时，艺术就来帮助解决矛盾了。

在《飘》的故事中，女性读者随郝思嘉一起经历了一次叛逆的闯荡，并且没有受到惩罚。

后记

童话故事往往充满了象征意味，本书解析的许多童话就是象征连缀起来的故事。

有些象征比较浅显，是一般读者稍微动动脑筋就能解析的。《佩罗童话》中的《小红帽》或许就是一个象征比较浅显的童话。

妈妈让戴着漂亮小红帽的小女儿去给住在森林中的姥姥送东西，临行前叮嘱她千万不要和陌生人说话。小红帽挎着篮子出发了，她在路上遇到了大灰狼，大灰狼夸小红帽漂亮，小红帽便忘记了妈妈的嘱咐和大灰狼说起话来，结果上了当，她和姥姥都被大灰狼吃掉了。幸亏猎人打死了大灰狼，才把她们从大灰狼肚子里解救出来。

在《小红帽》的故事中，"大灰狼"显然是勾引小女孩的坏男人的象征，母亲临行前告诫女儿不要和陌生人说话，正表现了母亲对女儿惯有的教育。

这个浅显的象征已经成为社会通行用语，"大灰狼"成了勾引女孩的坏男人的称谓。

而在有些童话故事中，象征就比较隐蔽，不易被察觉。譬如著名的阿拉伯民间故事集《一千零一夜》，故事是这样"缘起"的：

残暴的国王每天要娶一个新娘，天一亮就会把她杀掉，第二天再重新娶一个。这样过了很长时间，一个聪明的女孩为了解救广大的女子，自愿嫁给国王。新婚之夜，新娘开始给国王讲故事，讲到天亮时，故事还没有结尾，国王不由得对故事的发展充满好奇，便没有杀掉她。到了第二天晚上，新娘接着前一天的故事讲下去，讲到早晨又留下了新的悬念，国王只好又留下她的性命，让她在第三个夜晚接着讲。日复一日，一共讲了一千零一个夜晚，这时，国王幡然悔悟，从此和这个女子白头偕老。

《一千零一夜》民间故事集就在这样的"缘起"后面源源不断地展开了——那其实就是国王听到的故事，然而，并没有多少人注意到这个"缘起"的含义。

国王一夜换一个新娘的残暴做法，其实象征着男人在爱情上的喜新厌旧；而聪明的女子每天给国王讲一段新奇的故事，并且不断留下悬念，不过表明女子在丈夫面前维持自己新鲜感的智慧。

一切故事都是人类编造的，编故事似乎是随意的，但又不是没有规律的，都是潜意识的流露，都是在幻觉想象中解决着现实生活中的矛盾。

我们在童话故事中经常看到这样的情节，一个美丽的公主要找新郎，往往提出一些难解之谜，解不出来，试图求婚的男人就要被杀掉，解出来了，便可以得到公主。

这里可能含着这样几层象征意义：

第一，在人类世界中，男人娶女人为妻，一定要有付出，要有能力，解谜之力就是财富能力的象征。

第二，公主提出的难解之谜，表明了女子与男子的婚前性对抗。女子对最终献出自己的童贞是有很大抗拒心理的，常常表现为初次性生活之前的种种"刁难"与障碍设置。这种心理既可能表现为某些民族婚姻史上的习俗，也可能表现为这样的童话。

第三，我们还看到，难解之谜有时是由国王即公主的父亲提出来的，它不过表明父亲在内心深处对女儿出嫁的不情愿。在生活中表现为对求婚男子的挑剔；在童话中则变成出谜语，失败者死亡，侥幸的胜利者才会成功。

只要这样看，我们便能更加清楚地洞察这类"出谜选婿"的真正含义了。

童话故事中的象征几乎无处不在。打鱼人从海底捞起一个瓶子，打开瓶塞，里面竟冒出一个魔鬼。打鱼人只好运用智慧，将欲置他于死地的魔鬼再诱回到瓶子里。

在这里，"魔鬼"可能象征人们内心的某种邪恶欲望，也可能象征暴怒的脾气，当然还可能有其他象征，心理学家特别是精神分析学家会对这些象征做出更加细致的揭示。

又例如，童话中经常出现森林，按照精神分析学的分析，森林是人们在梦境中经常出现的图像，它象征着蒙昧，象征着内心深处的欲望，象征着恐惧，也象征着未知领域。

总之，只有将童话中的象征逐一解密，才能真正了解童话的奥秘。

关于童话，许多学者做过各种专门的学术性研究，本书着重从人格的角度、情结的角度解析童话，为的是从中触动人们对内心情结的认识和对自我人格的发现。倘若这本书能对读者认识自我、认识社会、认识生活有所帮助，作者无疑会感到欣慰。

希望本书的解析没有牵强附会之处，也希望读者对本书阐述的道理做出验证。这种验证也许并不需要太多的心理学专业知识，只要静下心来深入自己的潜意识进行联想与体验。

在这个世界上，人与人有很大差别，人与人又本质相通。各种各样的人格、情结与心理现象，都会作为片段潜藏在心中。活在世界上，每个人都会体验到优越，也会体验到自卑，会体验到各种心理情结。

"人所具有的我都具有"，这句格言在这里同样是真理。

只不过，每一种心理、每一种情结在不同人身上有不同的比重。

善人并非无一丝恶，恶人并非无一丝善；灰姑娘的童年并非都是自卑，郝思嘉的一生并非都充满嫉妒。

作为一个人，我们可能近似孙悟空，也可能近似托尔斯泰，也可能近似小狮子王辛巴，也可能近似贾宝玉，也可能近似白雪公主，也可能近似灰姑娘，也可能近似海的女儿，也可能近似郝思嘉。于是乎，我们就确认自己为其中某一种类型。

然而，我们可能在自己身上同时找到许多角色的成分：孙悟空、辛巴、贾宝玉、托尔斯泰的情结或多或少都有，白雪公主、灰姑娘、海的女儿、丑小鸭、郝思嘉的情结也或多或少都有。认清这一切，我们就可能顿开慧眼，从此更好地掌握自己的命运。

希望这本书能带给你一点明白之后的快乐。

本书于 2004 年由作家出版社出版，2009 年鹭江出版社再版，2023 年河南文艺出版社第三次出版。

感谢读者喜欢这本书。

感谢朋友们与我分享阅读后的快乐！

柯云路

2023 年 5 月　北京